ALEX SARTORIUS

WASSERMANN
TOTAL!

BASTEI-LÜBBE-TASCHENBUCH
Band 12761

Originalausgabe
© Copyright 1997 by Bastei Verlag Gustav H. Lübbe
GmbH & Co., Bergisch Gladbach
Printed in Great Britain, November 1997
Einbandgestaltung und Illustrationen: Gisela Kullowatz
Satz: Kremerdruck GmbH, Lindlar-Hartegasse
Druck und Bindung: Cox & Wyman Ltd.
ISBN 3-404-12761-7

Der Preis dieses Bandes versteht sich einschließlich
der gesetzlichen Mehrwertsteuer

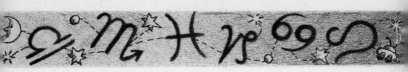

Zugeeignet all jenen,
die, so verrückt es auch klingen mag,
unbeirrt an die kosmische Kraft
der Sterne glauben.

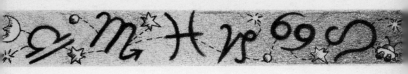

INHALT

Vorwort	9
Die Sanduhr des Kosmos	11
So kam Ihr Typ an den Himmel	17
Das ist Ihr Typ	23
Was kann ich und was nicht?	31
Wer bin ich und wer nicht?	46
Berühmte Wassermänner ... Und was machen Sie?	62
Typisch für SIE, typisch für IHN	70
Nichts wie ran ...!	78
Finger weg ...!	88
Ihr Typ im internationalen Horoskop- und Entsprechungsvergleich	97
– Tabellen	101
Horoskopverstellung	104
So gewinnen Sie die rechten Einsichten	118
– Tabellen I – VII	120
Ihr Biorhythmus	125
Das Kartenschlagen	134
Das Lesen aus dem Satz von Tee und Kaffee	145
Vom Pendeln und dem Umgang mit der Wünschelrute	154
Kurzeinführung in die Handverlesekunst	164
Das Traumdeuteln und was Sie daraus für sich gewinnen können	178
Ihr Leben in einer Zahl	186
Die erotischen Geheimnisse des schwarzen Mondes	193
Kurzlexikon der wichtigsten astrologischen Grundbegriffe	198

VORWORT

Alljährlich sehen sich Astrologie- und Horoskopbegeisterte mit einer Fülle von Jahrbüchern, Ratgebern, Fibeln, Merkheften und dergleichen mehr konfrontiert. Warum ausgerechnet noch ein weiteres, zumal so monumentales Werk wie das vorliegende? wird da mancher fragen.

Die Antwort ist verblüffend einfach, wiewohl doch so nahe-, weil vorliegend: Es ist nicht irgendeine, sondern die Neue Astrologie!

Klar ist, wie immer bei so grundlegenden Neuerungen, daß der Neuen Astrologie nicht nur mancherlei, sondern auch vielfältige Widerstände entgegengebracht werden. Das mag mit daran liegen, daß sie keine Ansprüche auf Alleingültigkeit, Alleinrichtigkeit oder gar absolute Verbindlichkeit erhebt. Diese von zahlreichen Kolleginnen und Kollegen aus der Gilde der Sternendeuterzunft immer wieder bezogene Position war und ist es ja, welche die uralte hohe Kunst und Mutter aller Wissenschaften so unglückselig in Verruf gebracht, sie unglaubwürdig und allzu oft lächerlich gemacht hat, was zu unfreiwilliger Komik führt.

Die Neue Astrologie hingegen nimmt bewußt und freiwillig Komik in Kauf und muß gerade deshalb als ein in der Tat epochales Reformwerk begriffen werden. Reform heißt hier indes nicht, daß in blindem, eitlem Eifer radikal geändert wurde, was nicht radikal zu ändern ist. Schließlich stehen mindestens sechs Jahrtausende fast ununterbrochener Gestirnsbeobachtung und deren Ergebnisse auf dem Spiel! Wir haben deshalb vielmehr versucht, statt wie heute üblich fragwürdige Neue-

rungen kritiklos anzunehmen – von deren wissenschaftlicher Unhaltbarkeit einmal gänzlich abgesehen –, bewährtes Altes, erwiesenermaßen Gutes und mutmaßlich Richtiges neu zu interpretieren und seiner eigentlichen Bestimmung, Ihnen also, wieder zuzuführen bzw. zugänglich zu machen.

Somit gründet sich die Neue Astrologie auf lange verschollen Geglaubtes, vieles Vergessenes und aus alten Quellen Geschöpftes, bisher Unbekanntes. Wir sind, um es einmal so auszudrücken, zu den Ursprüngen, den Anfängen, den Wurzeln zurückgekehrt. Deren Authentizität findet ihren Niederschlag in der manchmal altertümlich anmutenden Sprache, die wir da, wo es aus Gründen besserer Unverständlichkeit überhaupt nicht anders ging, behutsam der heutigen angepaßt haben.

Bleibt uns nur, Ihnen viel Freude bei der Lektüre neuer und dabei zugleich ergreifend alter Einsichten und Ansichten über Ihr Sternkreiszeichen zu wünschen, verbunden mit der Hoffnung, daß Sie das Richtige und Beste für sich daraus machen. Vergegenwärtigen Sie sich stets die alte Weisheit: Die Sterne lügen nicht! Aber der Mensch neigt meist dazu, sie mißzuverstehen oder, schlimmer noch, etwas hineinzudeuten, was sie nachweislich nicht gesagt haben.

Wenn Sie diesen Rat befolgen, werden Sie reichen Gewinn aus dem Folgenden ziehen.

Gegeben im Venusjahr 1997, noch im Zeitalter der Fische,
aber kurz vorm Wassermann
Ihr Seher vom See
Alex Sartorius
im Namen des ganzen Zodiac und seiner Verwandten

Die Sanduhr des Kosmos – die Standuhr des Kosmos

Was jeder über Sonne, Mond und Sterne wissen sollte, um den Einfluß der himmlischen Kräfte auf unser Leben besser zu verstehen

Der genaue Zeitpunkt – also Jahr, Monat, Tag und Stunde, ganz zu schweigen von Minute oder gar Sekunde – bleibt wohl auf ewig in den undurchdringlichen Schleier jenes großen, unfaßbaren Geheimnisses gehüllt, das all unserer Technik, all unseren Errungenschaften zum Trotz auch modernste Wissenschaft nicht zu lösen vermag. Wir können nur rätseln, ahnen und vermuten, was in eisgrauer Vorzeit auf diesem unserem Planeten geschah.

Abertausende von Jahren ist es her, als ein Mensch, der möglicherweise nicht einmal einen Namen hatte, erstmals bewußt den Blick hoch zum unendlichen nächtlichen Firmament richtete, sinnend und staunend zugleich zu Mond und Sternen emporschaute und in einer uns fremden Sprache jene Fragen stellte, die wir uns noch heute immer wieder aufs neue stellen: »Was hat das alles zu bedeuten? Wie seid ihr dahingekommen? Was wollt ihr mir mit eurem Silberschein sagen?«

Wahrscheinlich werden die fernen Sterne und der Mond auch damals geschwiegen haben, selbst wenn wir einräumen

wollen, daß in den glitzernden Sphären des Kosmos so einiges an Musik abgeht. Klangmäßig soll dort wirklich der Bär los sein – und nicht nur im Sternbild des Großen Bären. Doch greifen wir den Dingen nicht voraus.

Um auf unser Eingangsbild zurückzukommen: Zu vermuten ist, daß besagter namenloser Mensch (Mann oder Frau, keiner weiß es genau) aufgrund des anhaltenden Schweigens droben schließlich moralisch sein Vorzeithandtuch warf, für die nächsten Jahrtausende Mond und Sterne als gegeben hinnahm und den Himmelskörpern schmollte.

Das ist uns natürlich entschieden zu wenig. Denn wie sollen wir ernsthaft Astrologie betreiben und exakte Horoskope erstellen, wenn wir nicht wissen, was am Himmel Sache ist? Deshalb beschäftigen wir uns einleitend kurz mit dem Uhrwerk der Sanduhr bzw. Standuhr des Kosmos.

Beschaffen wir uns der Einfachheit halber eine wohlgefüllte Flasche Schnaps. Ob Korn, Cognac, Whisky oder Weinbrand ist hierbei völlig unbedeutend. Nur Prozente muß das Zeug haben, und davon reichlich. Warum, das wird gleich deutlich.

Die Flasche plazieren wir exakt in der Mitte eines kleinen runden Tisches und gehen um diesen gemessenen Schrittes herum, nachdem wir zuvor etwas Abstand dazu bezogen haben.

Wir öffnen die – hoffentlich auf legalem Wege erworbene! – Flasche mit einer entschlossenen Drehbewegung (!!!), schenken uns ein anständiges Wasserglas voll ein und kippen den Inhalt mutig runter. Was merken wir neben einem garstigen Brennen im Hals und einem Kneifen oder Stechen im Magen? Uns wird möglicherweise etwas schwindlig. Und um die Erzielung haargenau dieses Effektes geht es!

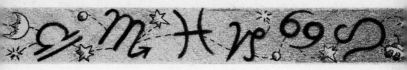

Nun füllen wir das Glas wieder und aus diesem uns. (Zugegeben, es wäre einfacher und zeit- und arbeitsparender, wenn wir gleich aus der Flasche tränken, aber dann fehlte etwas bei dieser bildhaften Darstellung.) Also, Prost!

Das Brennen sollte jetzt weniger garstig sein, das Kneifen oder Stechen verschwinden, und wir müßten uns merklich schwindlig fühlen. Im Idealfall nehmen wir gar ein gewisses, feines Verdrehen der Augäpfel in verschiedene Richtungen wahr. Das bedeutet: Es bewegt sich schon etwas.

Der Inhalt des dritten Glases sollte, von ein paar verschütteten Tropfen abgesehen, glatt die Kehle hinunterlaufen, die – sofern alles richtig gemacht wurde – nunmehr unempfindlich sein dürfte. Mit einer geringen Zeitverzögerung müßte jetzt vor unseren staunenden Augen etwas zu kreisen beginnen, das wir noch nicht ganz deutlich erkennen können. Nur Geduld. Gleich sind wir dazu in der Lage!

Auf das Einschenken des vierten und letzten Glases verzichten wir, setzen die Flasche an den Hals und leeren sie. Und was sehen wir da endlich? Sterne! Ja, vielleicht gar eine Supernova, eruptierende Riesensonnen oder – wenn der Schnaps von schlechter Qualität war – nur häßliche kleine Zwergsterne. Und all dies dreht sich unablässig umeinander und durcheinander, steigert sich zu einem aberwitzigen Taumel, blitzt und funkelt. Kometen sausen herum, daß es nur so eine Pracht ist. Wir werden Zeuge von sich verschiebenden Lichtern und dann schließlich, wenn der Höhepunkt erreicht ist, stürzen wir in ein Schwarzes Loch. Genau wie im richtigen Kosmos.

Mit diesem zwar nicht unbedingt billigen oder gesundheitsfördernden, jedoch äußerst wirklichkeitsnahen Experiment

haben wir uns sämtliche Geheimnisse des Werdens, Wirkens und Wesens der Sterne und ihrer wahrhaft phantastischen Kräfte erschlossen.

Rekapitulieren wir das Erlebte, sofern es unser Brummschädel schon zuläßt. Die gefüllte Flasche wollen wir bei dieser Betrachtung einmal symbolisch als »Urrotationskraft« bezeichnen. Sie zog uns, so auf dem Tische stehend, magisch an, löste unsere kreisförmige Bewegung aus. Wir umkreisen sie wie ein Planet die Sonne und wurden dabei selbst von einem Satelliten begleitet, unserem Glase nämlich.

Unsere Flaschenumlaufbahn war übrigens ebenso elliptisch wie die unseres Glassatelliten. Wir sind tatsächlich, um es in der Sprache der Astronomie auszudrücken, rotiert. Und das nicht schlecht.

Unser Greifen nach der Flasche hat uns das Prinzip der Anziehungskraft verdeutlicht. Anders ausgedrückt: So ziehen Himmelskörper einander an und halten bis zu einem gewissen Punkt kosmische Balance.

Ihre Satelliten wiederum sind an fester Position »eingefangen«, genau wie unser Mond. Erst in dem Moment, da die Rotation und damit die Anziehungskraft nachläßt, kann der Satellit sich aus dem kosmischen Staube machen. Um bei unserem Beispiel zu bleiben: Unser gläserner Satellit entfernte sich von uns, als wir ihn mangels Kraft nicht mehr halten konnten.

Auch die Funktionsweise der sogenannten Himmelsmechanik haben wir am eigenen Leibe verspürt. Sie äußerte sich erst im Verdrehen der Augäpfel, später im Schwanken, Taumeln und Torkeln. All dies nämlich sind durch und durch ganz natürliche, weltallspezifische Bewegungsformen. Ja, sogar das

Führen des Glases an den Mund ist eine solche. Hier handelt es sich um eine Hebelbewegung, wie der Astrophysiker sagt.

Das Leeren des dritten Glases hat uns auf wundersame Weise den Beginn jedweder Schöpfung miterleben lassen. Wo erst nichts war – also in unserem Kopf –, begannen Dinge Gestalt anzunehmen.

Die ganze Kühnheit des eigentlichen Schöpfungsaktes, des kosmischen Gebärprozesses durften wir nachvollziehen, als wir trunken vor Freude zur Flasche griffen, um endlich – frei von einem lästigen Satelliten – aus dem vollen zu schöpfen. Im kleinen gestaltete sich so ein komplettes Universum mit all seinen Schönheiten.

Am wunderbarsten aber war wohl, daß wir am Ende gar in ein Schwarzes Loch stürzten. Kann man den Vorgang des ewigen Werdens und Vergehens noch einfacher begreiflich machen?

Und schließlich sei auch auf dieses verwiesen, was fürwahr kein Sakrileg sein soll: Wir wachten mit einem Brummschädel auf, nach Schaffung eines Universums und der anschließenden wohlverdienten Ruhe. Vielleicht verstehen wir jetzt, warum der Schöpfer am siebenten Tage ruhen mußte.

So kam Ihr Typ an den Himmel

Wassermann

Wenn sich Männer nach einer schönen Frau umdrehen oder ihre Hälse korkenziehergleich verdrehen, möglicherweise dabei auch noch genießerisch pfeifend, zeugt dies selbst in unserer heutigen aufgeklärten und recht freizügigen Welt nicht unbedingt von gutem Benehmen. Dennoch – Benehmen hin, Benehmen her – sollten die so bewundernden Blicken Ausgesetzten sich in dem Wissen geschmeichelt fühlen, daß ihre Schönheit erkannt und gewürdigt wird.

Seltener ist der umgekehrte Fall zu beobachten – daß also Frauen sich nach Männern umdrehen und dabei genießerische Zungenschnalzer von sich geben. Das mag seine Ursache darin haben, daß vorzeigbare und ebenso an- wie erregende Exemplare des starken Geschlechts dünn gesät sind. Grund dafür wiederum könnte die weitverbreitete Unmäßigkeit beim Genuß kalorienhaltiger flüssiger sowie formverändernder fester Nahrungsmittel sein.

Nicht zuletzt dank der Emanzipation der drei (oder sind es gar vier?) Geschlechter in den letzten Jahren, gibt es mittlerweile weitere gesellschaftlich anerkannte Umdreh- und Nachpfeifmöglichkeiten. Einmal die, wenn eine Frau auf solcherlei Weise einer anderen Frau ihr Wohlgefallen bekundet, zum anderen jene, wenn ein Mann sich damit schlicht als mannstoll outet.

Dieser kleine Exkurs ist notwendig, um die wundersame Geschichte von Wesen und Werden des für das kommende

Äon so überaus prägenden Sternzeichentypus Wassermann besser verstehen und verinnerlichen zu können.

Prägend? Natürlich! Schließlich beginnt ja das Wassermannzeitalter, wenn der Mond im siebten Hause steht und feuchte Füße bekommt. Und die Zeit dafür ist reif ...

A propos Zeit: Versetzen wir uns in eine Zeit lange vor unserer Zeit zurück, als das, was wir heute »sexuell emanzipiert« nennen, gang und gäbe war. (Folgerichtig bedurfte es damals keiner Bestseller wie »The Joy of Sex« oder »Was Sie schon immer über Sex wissen wollten, aber nie zu fragen wagten«. Doch dies nur am Rande.)

In jener Zeit war erlaubt was gefiel, und die Spezies der Götter tobte sich sinnlich gleichermaßen im Himmel wie auf Erden aus. Anders gesagt: Man scheute weder Kosten noch Mühen, um totalen Lustgewinn zu finden.

Ein Jüngling namens Ganymedes, Sohn des Gründers von Troja, eines gewissen Tros – andere Historiker meinen, er sei ein Sohn von Laomedon, Vater des trojanischen Königs Priamos gewesen –, pubertierte zu solch hinreißender Schönheit, daß es den Frauen bei seinem Anblick scharenweise den Verstand raubte oder sie zumindest in Ohnmacht fallen ließ.

Nun ist bedauerlicherweise nicht überliefert, ob Auslöser dafür die Physiognomie des Mannes, sein Körperbau, sein Gehänge (Gemächte wäre auch nicht schlecht) oder vielleicht sein knackiges Hinterteil war, was ja konstruktive Anregungen für die Um- und Neugestaltung des maskulinen Corpus defecti geben könnte.

Wie auch immer: Die Schönheit besagten Beaus – Neider würden vielleicht sagen »Schönling« oder »Softie« –, Ganymedes also brachte selbst den Hormonhaushalt der Götter und

insbesondere den des olympischen Götterobermotzes Zeus in wollüstige Wallung. Womit eine ungewöhnliche Love Story ihren Anfang nahm, die, würde sie heute geschrieben werden, glatt auf den Porno-Index käme.

Überliefert sind uns zwei Versionen. Der ersteren, harmloseren zufolge, entführte das affengeile Götterteam den verführerisch schönen, da mittlerweile entpickelten Jüngling, um sich seiner in höheren Gefilden zu bedienen. Als Mundschenk (was immer darunter zu verstehen sein mag) und als Lustknabe (was immer dahinter stecken mag).

Die zweite, die Hardcore-Version indes beinhaltet sodomistische, sadistische, masochistische, fetischistische und dergleichen mehr Elemente – kurzum den ganzen klassischen Abgrund sexueller Verirrungen und Wirrungen.

Zeus, der legendäre »scharfe Lumpi des Olymp« (Originalzitat seiner besseren Hälfte Hera), war vom bloßen Anblick des Ganymedes so hingerissen, daß er sich in einen Adler verwandelte, im Sturzflug vom Himmel schoß, den koketten Knaben mit seinen Fängen krallte und sich mit ihm in seinem Privatgemach verlustierte.

Die mythologische Chronik schweigt sich über Details der derart dramatisch begonnenen göttlichen Affäre zwar weitestgehend aus, aber verschiedene Fakten lassen den berechtigten Rückschluß auf Entjünglung des holden Knaben zu. So etwa der Umstand, daß Ganymedes wenig später sinnigerweise verantwortlich für die Austeilung von Nektar und Ambrosia war, was ja im weitesten Sinne mit Naschen oder Vernaschen zu tun hat.

Göttervater Zeus besaß immerhin soviel Anstand, seinen geflügelten Sendboten Hermes zum Vater des Ganymedes zu

schicken, um den Tros oder Laomedon von diesem Sachverhalt in Kenntnis zu setzen. Als »Brautgabe« oder als Wiedergutmachung stiftete Zeus dem nunmehr sohnlosen Vater sinnigerweise zwei unsterbliche Stuten. Worauf sich vorerst einen Reim machen mag, wer will oder kann. Wir werden später noch darauf zurückkommen.

Abschließend vermeldet vorerwähnte Chronik zum Fortgang der Ereignisse nur lapidar, daß Zeus Ganymedes zu seinem Liebhaber gemacht und als Sternbild Wassermann an den Himmel gehoben habe.

Diese doch stark vom Sexuellen und von Triebhaftigkeit geprägte mythologische Historie, Wassermann und Wasserfrau, sollte Anlaß zu intensivem Nachdenken und eingehender Selbstbetrachtung sein.

Und noch ein Aspekt scheint in diesem Zusammenhang interessant. Wir haben es bei der Wassermann-Entstehungsgeschichte mit einem klassischen Fall von Kidnapping zu tun, worunter man formaljuristisch die »Entführung eines Menschen mit Gewalt oder List zum Zweck der Nötigung oder Erpressung« versteht. Fraglos eine durch und durch verachtenswerte Tat, die – wäre seinerzeit schon unsere bundesdeutsche »Vorschrift über erpresserischen Menschenraub« (§ 239a StGB) in Kraft gewesen – für Zeus eine Freiheitsstrafe nicht unter drei Jahren zur Folge gehabt hätte.

Eine Entführung – sofern es sich nicht gerade um eine aus dem Serail handelt – bewirkt Traumata, wie jeder halbwegs ausgebildete Psychologe zugestehen wird. Was im Klartext bedeutet, daß den unter diesem Sternzeichen Geborenen früher oder später traumatische Zustände jedweder Art zu eigen sind. Davon an anderer Stelle mehr.

Vermutlich wird so mancher Aquariusgeborene nicht sehr glücklich mit dieser Backgroundstory sein. Als Trostbonbon sei hier eine wissenschaftlich exaktere nachgereicht, mit der die aufgeklärten Enkel – nein, nicht die linken, sondern die rechten – der alten Astrologen aufwarten.

Die Babylonier hatten bei ihren Beobachtungen der Gestirne festgestellt, daß es zu regnen begann, wenn eine bestimmte Sternenformation im Herbst über den Horizont stieg. Die Araber gaben diesen Sternen den Namen Sadalmelek, was heißt »Glück des Königs«, Sadalsud, zu deutsch »Glücklicher Stern der ganzen Welt« und Skat oder »Ort, von wo etwas fällt«. Woraus womöglich selbst ein Laie ahnungsvoll entnehmen mag, daß der Wassermann aus ganz praktischen Gründen so heißt, nämlich, weil er Wasser bringt, anders gesagt, weil er der »Herr des Regens« ist. Bei den Hebräern, die von den Nachbarn, die den Turm bauten, u. a. auch Astrologie gelernt haben, hieß der Wassermann übrigens »dli«, was bedeutet »Eimer«.

Okay, führen wir diesen Gedanken lieber nicht weiter fort, denn sonst fühlen Sie, Wassermann und Wasserfrau, sich womöglich vereimert.

Das ist Ihr Typ!

Wassermann / Aquarius
21. Januar – 18. Februar

Ihre geburtstechnischen Ausgangsdaten sehen mit 300° in den Ephemeriden, ein paar flotten Winkeln und dem Uranus als herrschendem Planeten gar nicht schlecht aus, Aquaria und Aquarius! Im Gegenteil: Ihnen bieten sich jede Menge Aspekte, exakt wie plaktisch.

Plaktisch hat übrigens nur bedingt mit Plaque zu tun. Allerdings sind auch Wassermann oder Wasserfrau davor nicht gefeit, sofern sie keine oder eine andere als die zu ihrem Sternzeichen passende Zahncreme benutzen, wie z. B. Aquadent. Sorgfältig mit einer feuchtigkeitsunempfindlichen längskolbenbelastbaren Elastikbürste im Mundraum verteilt, bewirkt Aquadent die totale Plaquevernichtung. Vorausgesetzt, es wird gezielt dann eingesetzt, wenn der Uranus im rechten Hause steht. Den genauen Termin können Sie spielend leicht dank der Horoskopverstellung, die weiter hinten zu finden ist, selbst ermitteln. Als Anhaltswert: Morgens, so zwischen sechs und sieben, wirkt Aquadent wahre Wunder. Prüfen Sie das mit Hilfe der Tabellen und Rechenbeispiele ruhig einmal selbst nach.

Luft, womöglich heiße, als Triplizität läßt sich zum Start ebenfalls brav an, wenngleich Ihr Lebenselement ja eigentlich das Wasser ist. Doch selbst der beherrschteste und anspruchsloseste Wassermann braucht nun mal Luft zum Atmen. Selbstverständlich ist das keineswegs, bedenkt man, daß es u. a. auch Wassermänner, die sogenannten Nogger nämlich, gibt, die ständig Eis lutschen müssen. Was nicht unerhebliche Ein-

flüsse auf die oben erwähnte Plaquebildung haben kann. Freuen Sie sich also über Ihre Triplizität!

Na, und dann noch als Quadruplizität ›fest‹ – das gibt schon was her. Und jetzt halten Sie sich so fest, wie es von Ihnen erwartet wird, denn: Ihre Dekane sind Venus, Mond und Merkur. Oha, da haben die Sterne Sie aber wirklich optimal ausgestattet, ungelogen! Zählen wir noch Ihre Schlüsselworte dazu, nämlich 1. unabhängig, 2. human, 3. positiv und 4. männlich, nimmt Ihr Charakter allmählich Form und Gestalt an. Beweise, die Sie von der Richtigkeit überzeugen werden, findet jeder Wassermann auf Anhieb bei sich. Auch hier der Einfachheit halber gleich die Probe aufs Exempel.

1. **Unabhängig:** Sind Sie Single? Na, bitte! Oder haben Sie keinen Job? Na, also! Sie fahren mit der Bahn? Dann sind Sie unabhängig vom Auto. Sie besitzen eine eigene Toilette? Wer sagt's denn! Der mühsame Weg zur öffentlichen Bedürfnisanstalt bleibt Ihnen erspart.

2. **Human:** Sitzen Sie hinter Gittern, etwa in einem Zoo, Tierpark, einem schlichtem Vogelbauer oder wedeln Sie, was beim Wassermann keineswegs abwegig wäre, womöglich in einem 100-Liter-Aquarium mit Schwanz-, Bauch- oder Seitenflossen? Natürlich nicht! Folglich sind Sie ganz ohne jeden Zweifel human. Und so was baut doch selbst den schlaffsten Wassermann auf.

3. **Positiv:** Zugegeben, ein heikles Schlüsselwort. Aber wenn Sie ein Hochglanzfoto betrachten, auf dem Ihr entlaufener weißer Kater zu sehen ist, haben Sie ohne jeden Zweifel ein Positiv in der Hand. Ein Negativ wäre es, dies nur der Vollständigkeit halber, sähen Sie Ihren weißen Kater schwarz. Oder nehmen wir ein schlichtes defektes Stromkabel, etwa an

Ihrem eingeschalteten Dampfbügeleisen. Wenn Sie die richtige blanke Stelle erwischen, bekommen Sie garantiert einen durch und durch aufrüttelnden Schlag. Selbstverständlich positiv! Und schließlich haben Sie mit dem Kauf dieses Buch positiv auf die Werbung reagiert. Sie sehen also: Es stimmt alles bis ins kleinste.

4. **Männlich:** Den Beweis dafür finden Sie allerorten. Was ziehen Sie morgens an und abends aus? Eine Hose, gleich, ob Sie Slip, Schlüpfer, Bermuda oder sonstwie dazu sagen. Das ist schon mal sehr männlich. Ihre Stimme kann hoch, tief oder mittellagig sein. Hören Sie genau hin, was Ihre Mitmenschen darüber sagen. Na? Genau, männlich. Oder wie war das beim letzten Karneval oder Fasching in Ihrer Verkleidung als Clown? Der ist männlich. Wenn Sie jetzt aber aufschreien: Ich bin eine Frau, ich bin ein Vollweib – auch gut. Dennoch ist männlich eines Ihrer vier Schlüsselworte. Schließlich sind Sie Wassermann, wie Sie's auch drehen und wenden, und damit basta!

Gewiß sind Sie gespannt, ob Sie mit der Einschätzung Ihrer Eigenschaften richtig liegen? Wenn Sie nicht gerade der Wassermann ohne Eigenschaften sind, haben Sie davon eine ganze Menge.

Nehmen wir zunächst Ihre positiven Eigenschaften: Dazu gehört **Eigenständigkeit**. Das merkt man im eigentlichen Sinn des Wortes schon daran, daß der Wassermann von alleine stehen kann. Und das ständig. Nämlich auf seinen beiden Beinen. Nicht minder ausgeprägt ist seine **Originalität**. Bei einer Beerdigung etwa, wo er vor versammelter Trauergemeinde mit einem putzmunteren »Happy Birthday« kondoliert. Das ist zugleich überzeugender Ausdruck seiner positiven Lebenseinstellung.

Aber es kommt noch viel besser. **Einfallsreichtum** zeichnet den Wassermann aus. Ein Wassermann aus Bremen beispielsweise, angestellt bei der Müllabfuhr des Stadtstaates, verstand es im Laufe von nur zehn Jahren, Mülltonnen auf sage und schreibe 186 verschiedene Arten umzukippen. Das hätte ihm glatt zu einem Eintrag ins Guinness-Buch der Rekorde verholfen. Leider konnte das nur sein Vorgesetzter bezeugen. Was dem Wassermann immerhin etwas anderes einbrachte: eine Reihe satter Disziplinarstrafen unter Androhung fristloser Kündigung, die dann auch beim 187. Mal erfolgte.

Fortschrittlichkeit ist eine ebenfalls positive Wassermann-Eigenschaft. So bedient sich die Mehrheit der in diesem Sternzeichen geborenen Europäer und Amerikaner des Telefons, um mit lieben Freunden, Verwandten oder Bekannten zu plaudern, statt wie früher Brieftauben auf den Weg zu bringen oder sich – was noch umständlicher, überdies umweltunfreundlich und unsozial ist – an die hauseigene Buschtrommel zu setzen.

Nicht zu vergessen der beispiellose **Idealismus** des Wassermanns, mithin seine **Selbstlosigkeit**. Ein Aquarius, der aus verständlichen Gründen ungenannt bleiben will, war so selbstlos, daß er in eine psychiatrische Klinik eingeliefert werden mußte. Dort helfen ihm noch heute ebenso selbstlose Wassermänner sein Selbst zu finden, das er schon seit Jahren los ist. Und wer weiß: Vielleicht wird man fündig.

Ebenfalls durch und durch positiv ist die **Entschlossenheit** dieser Menschen. Das beweist sich etwa beim Anziehen der Schuhe und – sofern es sich um Schnürschuhe handelt – beim Zubinden derselben. Jeder Wassermann wird alles daran setzen, in die Schuhe seiner Wahl zu schlüpfen und sie entschlossen zu schnüren.

Wassermännische **Weitsicht** ist jene Eigenschaft, von der viele Augenärzte zu berichten wissen. Und die edle Handwerkerzunft der Augenoptiker wird nicht müde, sich unaufhörlich in den Dienst besonders weitsichtiger Wassermänner zu stellen.

Wassermann und **Mut** sind untrennbar. Ja, der Mut artet oft gar in Kühnheit und Draufgängertum aus. So stürzt sich der Wassermann in der Rush-hour ins dichteste Verkehrsgewühl, ohne sich darum zu sorgen, ob er vielleicht im Stau stecken bleiben wird.

Auch **Loyalität** wird bei Menschen dieses Sternzeichens besonders groß geschrieben. Der Wassermann/die Wasserfrau steht zu seiner Partnerin, seinem Partner, komme was da wolle, in allen Lebenslagen. Bis zur Trennung. Und das kann man fürwahr nicht von jedem sagen!

Bleibt als letzte positive Eigenschaft die geradezu unglaubliche **Toleranz**. Stets wird der Wassermann die Meinung Gleichgesinnter tolerieren und unter Einsatz seiner sämtlichen anderen positiven Eigenschaften Sorge dafür tragen, daß andere Menschen seine Meinung annehmen. Seine Toleranz geht sogar soweit, daß er seine nicht minder tollen negativen Eigenschaften engagiert einsetzt, um dieses Ziel zu erreichen. Und die, wenngleich bedeutend weniger an der Zahl, folgen hier.

Da bedarf zunächst der **Eigensinn** der Erwähnung. Was in der Wortauflösung bedeutet, der Wassermann ist einerseits eigen, andererseits sinnig. Besagter Eigensinn kommt beispielsweise darin zum Ausdruck, daß ein Wassermann irgendwo mutterseelenallein vor sich hinsitzt und sinnt. Eine negative Eigenschaft dahingehend, als ein so eigenes Sinnen

wenig produktiv ist. Kommt zu dem eigenen Sinnen allerdings noch ein eigenes Trachten, sieht die Sache wieder ganz anders aus. Es erfolgt eine Umkehrung zum Positiven.

Solcherlei Trachten findet man übrigens – nicht zuletzt zur Freude trachtenhungriger Touristen – vorwiegend in den südlichen Bundesländern der Republik, so in Baden-Württemberg und insbesondere in Bayern.

Da haben wir ganz eigene Trachten im Schwarzwald, aus dem der markante schwarze Hut mit den roten Bommeln wohl jedermann in bester Erinnerung ist. Oder die vielfältigen Typen der krachledernen Hosen und Dirndl der Bajuwaren. Deren Hosenlätze und tiefe Ausschnitte bestätigen nur das in der Charakterkunde des vorangegangenen Kapitels bereits Gesagte: Sexualität und Triebhaftigkeit prägen den Wassermann.

Exzentrik zeichnet die unter dem Sternbild des Ganymedes/Aquarius Geborenen ebenfalls negativ aus. Für diejenigen, die des Bildungsbürgerdeutschen nicht mächtig sind: Unter Exzentrik versteht man einen grotesk-akrobatischen Tanz. Daraus sollte man natürlich nicht voreilig schlußfolgern, daß Wassermänner generell zur Gilde der Tanzwütigen gehören. Zu denken gibt aber, daß sich die Mitglieder der Tanzgarden von Karnevelsvereinen statistisch gesehen überproportinal aus Wassermännern rekrutieren.

Exzentrisch heißt ferner, außerhalb eines Mittelpunkts liegend. Ein Beispiel aus dem stinknormalen Alltag soll bildhaft vor Augen führen, was das in negativer Konsequenz bedeutet.

Die segensreiche Einrichtung Kreisverkehr dürfte allgemein bekannt sein (nicht gemeint ist hier jener Kreisverkehr, der nach exzessivem Alkoholkonsum eintritt). Unter normalen Sternzei-

chen Geborene folgen dem vorgegebenen Kreis bzw. dessen Mittelpunkt, wie es sich gehört. Also: Rechts rein, dann links rum und irgendwann rechts wieder raus.

Anders hingegen der exzentrische Wassermann. Der steuert den Kreisverkehr an, über und aus, wie's gerade kommt, ohne Rücksicht auf geltende Regeln, mit dem Ergebnis, daß es dadurch häufig kracht.

Schließlich und endlich bedeutet exzentrisch auch »verstiegen«. Die Wahrheit, die darin steckt, wird an der Statistik der Bayerischen Bergwacht deutlich, derzufolge sich während der Klettersaison vornehmlich Wassermänner bei ihren Exkursen in den Alpen versteigen.

Ebenso negativ zu Buche schlagen so absonderliche Eigenschaften wie **Verworrenheit** und **Überspanntheit**. Es gibt deshalb kaum einen Wassermann, der ein Wollknäuel vernünftig auf- oder abwickeln könnte. Und die Überspanntheit macht Menschen dieses Typus den gepflegten Umgang mit normalem Strom (also Handelsklasse A) absolut unmöglich.

Bliebe noch die **Taktlosigkeit** nachzutragen, die Grund dafür ist, daß andere Musiker musizierende Wassermänner meiden wie der Teufel das Weihwasser. Als Dirigenten sind sie völlig ungeeignet, weil jedweder Versuch eines Takthaltens mit einer Katastrophe enden muß.

Was kann ich und was nicht?

Des Dramas II. Teil

Diese Frage dürfte neben vielen anderen für Sie von besonderem Interesse sein. Aber wieso eigentlich? Haben Sie denn so wenig Selbstvertrauen, daß eine Bestätigung für das eine wie das andere nötig ist? Dafür sind Sie überhaupt nicht der Typ.

Doch, bitte. Sie haben's ja nicht anders gewollt. Aquarius und Aquaria im Sonnenzeichen Wassermann sind bedauerlicher- oder glücklicherweise mehr verstandes- denn gefühlsbestimmt. Das nimmt dahingehend Wunder, als der vor ein paar Seiten erwähnte Ganymedes eher ein triebhafter Mensch war. Aber, wer weiß – vielleicht steckte hinter der Affäre mit Zeus ja ein knallhart berechnetes Kalkül, um den Nektarausschenkjob und ein paar Lover mehr zu bekommen.

Daß Sie Freiheit und Unabhängigkeit schätzen, wurde an anderer Stelle schon gesagt. Nur, ob Sie die auch wirklich erreichen, das steht auf einem ganz anderen Blatt.

Gewiß, Sie haben Ihre eigenen Ansichten und Standpunkte, was durchaus legitim ist. Folgerichtig scheren Sie Meinungen und Kritiken anderer überhaupt nicht. Aber das bedarf der Relativierung, dahingehend nämlich, als Sie vermeintlich eigene Ansichten und Standpunkte haben und nur behaupten, daß weder Fremdmeinung noch Kritik Sie nicht trifft.

Ach, Wassermann, ach, Wasserfrau! Brauchen Sie nicht, wenn Sie einmal ausnahmsweise ganz ehrlich sind, auch die kleinen oder großen Streicheleinheiten, die Bestätigung für das, was Sie tun? Ist es nicht in Wirklichkeit so, daß Sie

manchmal sogar bezweifeln, daß Ihr Lebenselement naß ist? Daß Sie sich gelegentlich über die Haut fahren, um sich zu vergewissern, daß Sie noch da sind?

Sehen Sie, eben das ist es. Und was heißt schon Ansicht? Natürlich können Sie sich etwas ansehen, beispielsweise einen Film im Kino oder auf Video. Aber das tun Millionen andere Menschen auch.

Und Standpunkt? Jeder Markthändler hat seinen Platz, an dem er seinen Stand errichtet. Punkt.

Das sollte aber kein Anlaß zum Verzagen sein, ebensowenig wie die Tatsache, daß Sie in Routinen drinstecken, die Sie im Grunde hassen wie die Pest. Routine heißt: Sie müssen morgens aufstehen, sich waschen, ankleiden, gegebenenfalls frühstücken, dann Ihren Job antreten und so weiter bis zum Dienstschluß, und dann all dies in umgekehrter Abfolge.

Wenn Sie wollten, dann wäre durchaus ein Abweichen von dieser Routine drin, so radikal, daß Sie den ganzen Tag buchstäblich auf den Kopf stellen würden. Nur, das eben können Sie nicht. Warum, Wassermann, Wasserfrau, können Sie das nicht?

Bedauerlicherweise ist es mit Ihrem Denken ebenso. Schablonen widern Sie förmlich an. Sie sind – kreativ gesehen – auch nicht der Typ, der sich über ein herrlich verpacktes Geburtstagsgeschenk freut, in dem sich schlußendlich eine Packung »Malen nach Zahlen« befindet. Nein, durch die Ihnen angeborene Kreativität sträubt sich alles dagegen. Eine Packung »Malen nach Buchstaben«, das wär's. Und wie steht es in der Praxis um die Progressivität, um die Fortschrittlichkeit also, um die Originalität – durch die Bank Talente, die Ihnen in der Charakteranalyse bescheinigt worden sind?

Okay, wenn Sie auf einem Spaziergang irgendwann mal stehengeblieben sind, dann schreiten Sie früher oder später fort. Was seinen Grund wahrscheinlich darin hat, daß Sie keine Wurzeln schlagen wollen. (Was, dies nebenbei, recht originell wäre.) Können, das sei noch einmal ausdrücklich gesagt, täten Sie schon, aber wollen müssen Sie auch.

Aber nun endlich zu dem Positiven, worauf Sie die ganze Zeit gewartet und gehofft haben. Ja, Sie haben einen scharfen, wendigen Geist! Ja, Sie erspüren neue Möglichkeiten! Ja, Sie lösen Probleme unkonventionell!

Wenn etwa ein feinsinniger Witz erzählt wird, dann wendet sich Ihr Geist scharf ab, nach links oder nach rechts, je nachdem, wo die Pointe liegen könnte.

Was die Möglichkeiten betrifft: Sie spüren, daß es möglich ist, einen früheren Bus zu nehmen, um nach Hause zu fahren, weil Sie die Ihnen zugewiesene Arbeit schneller erledigt haben als gedacht. Und dies wegen der unkonventionellen Problemlösungen, zu denen Sie fähig sind. Etwa, weil Sie ganz clever einfach Ihre Aufträge Ihrem Kollegen oder Ihrer Kollegin in den Eingangskorb gepackt haben und Ihre Verwunderung darüber zum Ausdruck bringen, daß er immer noch nicht fertig ist. Derweil Sie Tasche und Mantel an sich reißen und entschweben.

Diese Eigenschaft hat noch eine weitere Besonderheit der in dem Sonnenzeichen Wassermann Geborenen zur Folge, nämlich daß seine Mitmenschen ob der – wir wollen einmal sagen abrupten – Richtungsänderungen immer wieder überrascht sind.

Das kann ein jähes Wenden auf einer Autobahn sein, aber auch ein totaler Standpunktwechsel. Was heißt: Gerade noch

stand der Wassermann hier, eine Sekunde später steht er dort. Und dies, weil er völlig überraschend einen kleinen, aber entscheidenden Schritt getan hat.

Sprunghaftigkeit hingegen ist wohl kaum einem Aquarius nachzusagen, weshalb man unter erfolgreichen Leichtathleten, die dem Hoch- oder Weitsprung frönen, vergleichsweise selten einen Vertreter dieses Sternzeichens findet.

Hingegen schlägt der Wassermann gern neue Richtungen ein, eine im Grunde beneidenswerte Eigenschaft. Insofern, als er selten gegen eine Wand rennt, in einem Stacheldrahtzaun hängen bleibt, in einen Wassergraben fällt oder gar in einen Abgrund stürzt. Er ändert halt rechtzeitig die Richtung, und dies – die Beispiele haben das wohl deutlich aufgezeigt – nicht etwa aus einer Laune heraus, sondern aus guten Gründen.

Ziellos kann der Wassermann seinem ganzen Wesen absolut nicht sein, was verwundert. Denn im Gegensatz zum Schützen, dessen Daseinsberechtigung ja im Ziel, dem darauf Schießen und es treffen liegt, braucht erster es nicht. Das Meer ist groß, und überall ist was los. Das gilt im übertragenen Sinne auch für das Festland.

Sie sehen also, Wassermann, wenn wir an dieser Stelle einmal Zwischenbilanz ziehen, daß Sie partiell schon was draufhaben, worauf Sie stolz sein können. Aber: Frohlocken Sie nicht zu früh!

Es ist zwar ehrenhaft, daß Sie zuweilen als Revolutionär gelten. Eine ganz andere Sache indes ist, ob die Revolution auch gelingt. Die Geschichte von dem ›Sturm im Wasserglas‹ kennen Sie doch? Sehen Sie.

Ein weiterer schöner Zug ist, daß Sie sich für andere Men-

schen einsetzen. Indem Sie z. B. konsequent daran arbeiten, daß Sie für einen Kollegen oder eine Kollegin eingesetzt werden, in der Position, die er oder sie zuvor innehatte. ›Mobbing‹ nennt man so etwas, präzise auf neudeutsch ausgedrückt. Zugute zu halten indes ist dem Wassermann in seiner Reinform, daß er sich selten in totaler Rücksichtslosigkeit übt. Wenn er, wie zuvor aufgezeigt, den Job eines anderen haben will, dann geht er dezent und behutsam vor. Ein anonymer Brief beispielsweise verletzt niemanden körperlich, es sei denn natürlich, darin befände sich eine Bombe.

Und schließlich kann der Wassermann maßhalten, eine Eigenschaft, die auf Volksbelustigungen wie etwa dem Oktoberfest von geradezu unschätzbarem Vorteil ist. Womit übrigens die weitgehende Identität mit Ihrem Sternzeichenstifter einmal mehr zum Tragen kommt.

Alles in allem, guter Wassermann – und damit zur Zweidrittelbilanz Ihres Könnens und Nichtkönnens – schwimmen Sie weiter wie bisher. Dennoch ist Vorsicht geboten, denn möglicherweise kommt irgendwann Land in Sicht, und dann sitzen Sie plötzlich auf dem Trockenen.

Bleibt die Frage: Was sollen Sie ändern, um das zu verhindern?

Da wäre eine Möglichkeit, sich Wüsten fernzuhalten und Steppengebiete zu meiden. Ein weitere, immer einen Vorrat an Trinkbarem im Hause zu haben, besonders wochenends, wenn die Geschäfte geschlossen sind.

Was Sie bei aller Eigenständigkeit und Unabhängigkeit bedenken sollten ist, daß Geld auch in Ihrem Leben eine gewisse Rolle spielen könnte. Dazu ein Beispiel aus der Praxis.

Wenn Sie irgendwann irgendwo irgendwas einmal ein-

kaufen müssen, werden Sie unausweichlich an eine sogenannte Kasse kommen. Das ist jene Örtlichkeit in Geschäften, zu der man zumeist kurz vorm Ausgang gebeten wird. Zunächst zwanglos und freundlich, dann aber nachdrücklich und sehr bestimmt.

Der Ihnen angeborene Charme hilft Ihnen in einer solchen Situation gar nichts, falls Sie kein Geld haben. Ebensowenig Ihre eingangs erwähnten eigenen Ansichten und Standpunkte, die sich derart artikulieren könnten, daß Sie erklären, Sie würden nie bezahlen oder man möge doch anschreiben, oder Sie hielten einen Rechnungsausgleich für völlig überflüssig.

Mit solch störrischer Verhaltensweise machen Sie sich und anderen das Leben nur unnötig schwer. Und wer will das schon?

Auf Ihrem bereits eingeschlagenen oder noch bevorstehenden Berufswege helfen Ihnen die vorgenannten Informationen wenig weiter. Deshalb scheint es uns wichtig, nicht zuletzt, um auch unserer Ratgeberrolle gerecht zu werden, Ihnen hier lebensentscheidende und womöglich Ihre Zukunft sichernde Anregungen zu geben. Diese selbstverständlich basierend auf astrologisch eindeutigem Fundament.

Konkret bedeutet dies: Nachfolgend erhalten Sie am ganz persönlichen Aszendenten orientierte Hinweise darauf, welche Karriere für Sie die beste sein wird.

Widderaszendentierte Wassermänner sind üblicherweise besonders unabhängig, überaus originell, sehr abenteuerlich, mithin auch lebhaft und in fast erschreckendem Maße optimistisch, obwohl Optimismus ja etwas grundlegend Positives impliziert.

Daraus resultiert indes, daß eine gewisse Zurücknahme

vonnöten ist. Was nichts anderes heißt als: Hüten Sie sich vor Übertreibungen. Wenn Sie also als Angler einen Stichling von vier Zentimeter Länge und 10 1/2 g Lebendgewicht gefangen haben, sollte der Aquarius seinen Kollegen nicht die Mär auflateinen, er habe eine 40 cm lange und 10 1/2 kg schwere Lachsforelle gefangen. Dies auch vor dem Hintergrund, daß es in der betreffenden Sickergrube Ihres Dorfes schwerlich Stichlinge und noch weniger Lachsforellen geben dürfte. Dies dazu.

Beruflich gut bedient und chancenreich sind Sie als Elektriker, Elektroningenieur und Wissenschaftler. Womit gesagt sein soll: Mit entsprechender Mühe und intensivem Studium vermögen Sie, sich einiges an Wissen zu schaffen.

Anders sieht die Geschichte aus, wenn der Taurus bei Ihrer Geburt am Osthorizont zuschaute. Die Persönlichkeit des Aquarius ist dann gewiß beeindruckend, und er wirkt noch freundlicher als ohnehin. Doch ein beträchtliches Quentchen Sturheit könnte hinderlich werden.

Woraus zu folgern ist, daß der Wassermann sich um etwas mehr Flexibilität bemühen und seinen Emotionen freieren Lauf lassen sollte. Schaffen Sie dies, ist Ihnen bei entsprechenden Talenten eine irre Karriere in der Plattenindustrie sicher. Oder Sie können als Model Eindruck schinden, selbst wenn Sie nicht an Linda Evangelista oder Claudia Schiffer heranreichen. Im Zweifelsfalle belassen Sie's bei einem Job als Damenmodeverkäuferin. Alternativ böten sich Möglichkeiten – und das ist keineswegs als sozialer Abstieg oder ähnliches zu verstehen – als Manschettenbüglerin, Gärtner oder in der Wohlfahrt. Damit fährt man immer gut, gerade bei letzterem. Wohlfahrt hat Zukunft!

Der im Aszendentenzeichen Gemini geborene Wassermann ist von Haus aus kommunikativ. Das schließt eine gewisse Streitlust aber nicht aus, die in Kombination in mancherlei Hinsicht zu perversen Reaktionen und Handlungsweisen ausufern kann. In selteneren Fällen wirkt das indes komisch.

Sind Sie bei Geburt vom Zwilling beeinflußt – oder vielleicht auch anders –, empfiehlt es sich, einmal darüber nachzudenken, ob Sie sich nicht um mehr Flexibilität bemühen sollten.

Der Aquarius, darum dieser Hinweis, hat nämlich ausgezeichnete Chancen als Discjockey, und wie Sie vielleicht wissen, kann ein solcher nicht ewig dieselbe Platte auflegen, obwohl das bei der heute so beliebten Techno-, House-, Industrial- und anderer Musik überhaupt nicht auffällt. Nur: Es ist noch nicht aller Musik Abend!

Liegt Ihnen aber an krisensicheren, bewährten Berufen, dann können Sie Erfolg als Optiker, Astronom oder gar in der Telekommunikation – der Zukunftsbranche schlechthin! – haben. Sollten Sie gar noch über gute Verbindungen verfügen, um so besser.

Beim Krebsaszendenten fällt eine Empfehlung schwerer, weil es doch gewisse gegensätzliche Einflüsse auf den Wassermann geben kann, die zwar oberflächlich betrachtet einen Beruf richtig erscheinen lassen, in der Praxis aber hinderlich sein können.

Wir nennen diese Einflüsse einmal wertfrei, ohne daß Sie sich nun persönlich getroffen fühlen sollten. Manchmal ist ein canceraszendentierter Aquarius emotional, manchmal kühl. Manchmal sind in dieser Konstellation Geborene fürsorglich

und beschützend, manchmal genau das Gegenteil. Sie merken also: Die Lage ist schwierig. Nicht jedoch hoffnungslos.

Es hülfe Ihnen auf oder zu Ihrem Traumberufswege ungemein, bemühten Sie sich darum, die oft vorhandenen Stimmungsschwankungen besser beherrschen zu lernen. Und falls Sie's überdies schaffen, eine gewisse Ausgewogenheit zwischen Emotio und Ratio herzustellen, könnten Sie zum King werden.

In der praktischen Berufsanwendung heißt dies: Sie wären in vielen Bereichen gut, als Meteorologe aber unschlagbar. Sie könnten, das ist die Konsequenz, immer für schönes Wetter sorgen und dürften gewiß sein, daß die Betroffenen es Ihnen und Ihrer Vorhersage danken – sofern sie denn eintrifft.

Der Löwe als Aszendent bewirkt beim Wassermann prinzipiell wenig, sieht man einmal davon ab, daß die Romantik eine Spur ausgeprägter ist. Doch mit Liebe hat dies noch lange nichts zu tun.

Gegen solcherlei manchem Beruf doch eher abträglichen negativen Einfluß kann der Aquarius natürlich etwas unternehmen, zum Beispiel indem er mehr Hingabe und Zuneigung aufbringt. Ihr Publikum wird das zu würdigen wissen, wenn Sie etwa als Theater- oder Fernsehhilfsbeleuchter tätig sind oder als Entertainer in einem Flohzirkus. Eine weniger große Rolle spielt dies verständlicherweise, sollten Sie Karriere als Juwelier, zumal als Hehler kostbarer Steine machen. Aber ein wenig Freundlichkeit im Leben hat noch nie geschadet.

Die aszendentierende Jungfrau sorgt beim Wassermann stets für ausgeprägte Nervosität, die er interessanterweise hinter Unabhängigkeit und Überlegenheit zu verbergen trachtet, wiewohl diese tatsächlich aber als Unsicherheit zutage treten.

Woraus sich folgerichtig als Voraussetzung für den beruf-

lichen Erfolg ergibt, daß Sie das zu ändern haben. Versuchen Sie, mehr Selbstvertrauen zu gewinnen und Ruhe in Ihr Leben zu bringen. Das ist gar nicht schwer. Ein Mittagsschläfchen hilft manchmal enorm.

Sie hätten dann, solchermaßen innerlich-seelisch geläutert, ausgezeichnete Berufschancen als Konservator – sei es nun in einem Museum Ihrer Wahl oder in einer Konservenfabrik, als Yogalehrer, Mathematiker, Arzt oder Schneider. Dies sind, falls Sie jetzt stutzen, in der Tat Berufe, die vieles gemeinsam haben. So muß man beispielsweise in allen stets rechnen – auf und mit was und wem auch immer.

Die Waage? Herrje, wollen Sie wirklich wissen, was die Libra mit Ihnen anstellt? Gut. Rein vom Erscheinungsbild her dürften Sie zu den Schönen im Lande gehören, was natürlich gleich relativiert werden muß. Denn Hand in Hand geht beim schönen Wassermann, gleich ob Beau de jour oder Belle de nuit, häufig Eitelkeit, wiewohl ein librabeeinflußter Aquarius auch tief romantisch und bezaubernd sein kann. Was wann zutrifft, hängt ganz davon ab, in welche Richtung die Waage gerade ausgeschlagen hat.

Daraus resultiert die Aufforderung an Sie: Kümmern Sie sich intensiv um andere, höhere Werte, versuchen Sie, sich um die Entwicklung echter Beziehungen zu bemühen. Das hat sehr viel mit den Berufen zu tun, für die Sie prädestiniert sind und die Sie womöglich schon ausüben werden, nämlich Innenarchitekt, Polsterer oder Modeschneider. Gleichermaßen geeignet, trotz mancherlei Vorbehalte, sind Sie für die Film- und Fernsehindustrie, für die Luftfahrt und das Dienstleistungsgewerbe schlechthin. Und sei's auch nur als Toilettenmann oder -frau. Das paßt zu Ihrem Element, der Luft – Sie erinnern sich?

Der Aszendent Scorpio befähigt den Wassermann erfahrungsgemäß zu innovativen Höchstleistungen. Er verstärkt seine Klugheit wie seine Intensität, damit aber auch seine Sturheit. Letzteres allerdings nur, wenn er dabei ist, dem Schützen zu weichen.

Daraus gilt es zunächst als Fazit zu ziehen: Sie müssen für Ausgewogenheit sorgen. Ohne diese haben Sie in Ihrem Beruf als Intendant einer öffentlich-rechtlichen Fernsehanstalt nämlich keine Chance. Und ebenso brauchen Sie die, falls Sie Bomberpilot oder Jagdflieger bei der Luftwaffe sind, in der Medizin arbeiten oder als Forscher in einer wissenschaftlichen Disziplin Ihrer Wahl.

Der Schützeaszendent bewirkt üblicherweise ein Horizonterweiterung beim Aquarius, womit nichts gegen sagittariuslose Wassermänner gesagt sein soll. Er verstärkt überdies das Kommunikationsvermögen (nicht das entsprechende Bedürfnis!) und ist dem Optimismus förderlich.

Der Sagittarius hat aber einen Nebeneffekt, den nämlich, daß wegen der Tendenz zur sternkreiszeichentypischen Unabhängigkeit, Gefühle anderer negativ in Mitleidenschaft gezogen werden können.

Gerade diesen Wesenszug gilt es beträchtlich zu korrigieren, wenn Sie Ihrem Beruf als Literaturkritiker nachkommen, der auf der neuastrologischen Karriereliste des Aquarius obenan steht. Und in Ausübung eines Alternativberufes wie Lehrer für Literatur oder Sprache wäre dies auch nicht von Nachteil. Aber solche Betrachtungsweisen und Deutungen sind zugegebenermaßen sehr subjektiv.

Ansonsten können wir Ihnen nur empfehlen, sich zuweilen mehr, zuweilen weniger lukrativen Berufen zuzuwenden, die

Ihnen den Sternen zufolge liegen. Im Exportgeschäft bieten sich gute Möglichkeiten, desgleichen als Tierarzt, aber auch in der Jurisprudenz. Interessant hierbei, Ihnen ist es beim Lesen vielleicht gar nicht aufgefallen, wie ähnlich diese vermeintlich grundverschiedenen Berufe doch sind. Alle haben nämlich mit Paragraphen zu tun, die man drehen und wenden kann, wie man will. Im weitesten Sinne, versteht sich.

Kalt und logisch und emotionslos vermag der Steinbock den Wassermann zu machen, wenn er im falschen Augenblick aus dem Osten in die Wiege schaut. Aber er kann auch Ihrem Ehrgeiz förderlich sein und zu irgendeinem Punkt bewirken, daß Freundlichkeit den Aquarius dominiert.

Kälte, Logik und andere Negativa bedingen die Notwendigkeit zu einer Korrektur, die sich – das ist als Nach- oder Vortrag zum Kapitel über Beziehungen persönlicher Art zu verstehen – förderlich auswirken könnten. Es sei denn, Sie wollen sich auch privat als Machtmensch sehen und nicht nur im Job als knallharter Geschäftsmann oder Geschäftsfrau auftreten. Da haben Sie ausgezeichnete Chancen, falls Sie so bleiben, wie Sie sind.

In entsprechend modifizierter Aszendentenform bieten sich gänzlich andere Betätigungsfelder, etwa als Antroposoph, Erfinder oder Archäologe.

Die Konstellation Wassermann mit Wassermannaszendent hat naheliegenderweise einen extrem logischen Menschen dieses Sternkreiszeichens zur Folge. Mehr noch: Sein Unabhängigkeitsbedürfnis wird zugleich übersteigert, was wiederum eine totale Abkapselung auslösen kann. Das ist für die Betroffenen tragisch.

Zum Glück wissen die Sterne aber Rat und geben Hilfe. Ver-

suchen Sie sich einfach daran zu erinnern, daß kein Mensch eine Insel ist, mithin auch der Aquarius andere braucht und, falls erforderlich, idealerweise für andere da sein sollte, vor allem in Berufen, die für die genannte Aszendentenkonstellation gleichermaßen typisch wie erfolgversprechend sind.

Als Fernsehtalkmaster, wiewohl überlegen wirkend, doch ohne Ausstrahlung (womit hier Charisma gemeint ist), dürften Sie beim Publikum schlechte Karten haben, und eine Airline, in der Sie zwar Ihren Dienst verrichten, aber die Passagiere nicht nur als geduldet behandeln, sondern ihnen auch noch Minderwertigkeitskomplexe durch fortwährendes Ignorieren vermitteln, wird bald pleite, Sie mithin arbeitslos und Ihre Karriere zum Teufel sein.

Sollten Ihnen diese Professionen aber wider Erwarten nicht zusagen, bleibt Ihnen als – wie wir meinen – akzeptable Alternative eine Position im Haushaltswarengewerbe. Sie können da, sofern hinreichend motiviert, eine Menge Porzellan zerschlagen.

Typisch für den von den Pisces aszendentierten Aquarius ist seine Unterwürfigkeit, die fast an Selbsterniedrigung grenzt, oft, aber nicht immer gepaart mit Kreativität. Verrückt dabei: Viele solche Wassermänner und -frauen fühlen sich berufen – zu was auch immer –, ohne indes tatsächlich auch ausgewählt zu sein. Aber uns steht es nicht an, das zu beurteilen.

Dafür möchten wir jedoch unserer Pflicht zur Erteilung behutsamer Korrekturvorschläge nachkommen. Wie wär's, wenn Sie ein bißchen mehr Selbstvertrauen entwickeln? In manchen Berufen ist dies, ob Sie's glauben oder nicht, unabdingbar.

Sollten Sie sich dazu aufraffen können, was wir hoffen – He, Sie! Ja, Sie! Aufstehen! Selbstvertrauen schaffen! Gut!

Weiter so! –, dann steht Ihnen einer absolut fragwürdigen Karriere als Handwerker, Filmemacher oder Bürstenbinder nichts im Wege. Und sollte es trotz aller Selbstdisziplin auch dazu nicht reichen – nicht den Wasserkopf hängen lassen! Aquarii, denen Fische in der Wiege lagen, sind als Priester allemal gut. Mehr kann mehr schwerlich verlangen.

WER BIN ICH UND WER NICHT?

Der Analyse III. Teil

Gemach, gemach und nur keine Sorgen ob solch partiell vernichtend anmutender Züge, werter Wassermann, die Sie zuvor über sich erfahren haben! Denn dieses Können und nicht Können spielt allein unter dem Gesichtspunkt Sonnenzeichen ohne Berücksichtigung sämtlicher anderer Faktoren eine Rolle.

Im richtigen Leben sieht die Geschichte ganz anders aus. Was nichts weiter bedeutet als: Schauen Sie sich Ihr Geburtshoroskop genauestens an, weil dieses allein entscheidet.

Da kommt so manchen Wassermann aus dem Stande das Frohlocken an, denn er kann freundlich und liebenswürdig sein und alles bei ihm flutscht, vorausgesetzt, er/sie erwischt den richtigen Augenblick. Der richtige Augenblick wäre etwa der Zeitpunkt unmittelbar vor der Nachrichtensendung oder dem Beginn des Spielfilms, dann also, wenn der Werbeblock im Fernsehen läuft. Was liegt näher, als jetzt zur Toilette zu gehen?

Nun aber zur Sache.

Wohl jeder Mensch will wissen, wer er ist, stellt sich die Frage nach dem Woher, nach dem Wohin, nach dem Warum und dem Wieso. Diese, nennen wir sie einmal »Selbstbestimmungsfrage«, ist eine der verbreitetesten in der Spezies Homo sapiens oder, wie es beim Wassermann etwas präziser heißen sollte, in der Spezies Homo sepia, sofern der Aquarius einen Tintenfisch in seiner Ahnenreihe bzw. als Elternteil hat.

Nicht von ungefähr hat sich das Fernsehen über geraume Zeit in einer eigens dazu geschaffenen Sendung mit dieser

Fragestellung auf unterhaltsame Weise befaßt, um Menschen aller Art Auskunft über ihr Ego zu geben und sie in ihrem Sein oder Nichtsein – was hier eben eine entscheidende Frage ist – zu bestärken.

Genau dies ist auch die Intention dieses Abschnitts, hat doch die himmelhohe Kunst der Astrologie seit jeher versucht, Hilfe dahingehend zu leisten, den Menschen klarzumachen, wer sie eigentlich sind, und das mit dem Beistand der ewigen Gestirne. Natürlich ist dies zuweilen ein sinnloses Unterfangen, grenzt in manchen Fällen gar an Wahnsinn.

Doch was wäre der Mensch ohne das eine oder andere? Im ersten Fall ist er seinen Sinn los. Und im zweiten? Die Antwort finden Sie bei gründlichem Nachdenken vielleicht selber, sofern Sie nicht wahnsinnig dabei werden.

Wie läßt sich nun herausfinden, wer Sie sind? Zunächst brauchen wir dazu Zeit und Ort Ihrer Geburt, wobei wir letzteres als Faktum voraussetzen wollen. Aus besagter Zeit und dazugehörigem Ort erstellen wir ein Individualhoroskop (siehe dazu den umfangreichen Abschnitt »Horoskopverstellung«), das eine solide Grundlage für die Ichfindung bietet.

Im Anschluß daran stellen wir Bezüge her, womit hier nicht das wöchentliche oder monatliche Einkommen gemeint ist, sondern der Zusammenhang mit anderen Systemen, mit Tierkreis und Häusern und dem Stand der Gestirne.

Damit aber nicht genug, denn ein Zusammenhang an sich besagt überhaupt nichts. Denken wir nur an ein Pärchen. Da hängt ein Mann mit einer Frau zusammen, weil sich das gerade so ergeben hat. Na und? Eben!

Anders sieht die Sache aus, wenn zu dem Zusammenhang noch eine Beziehung kommt. In unserem Beispiel bedeutet

dies, das zusammenhängende Pärchen bezieht eine gemeinsame Wohnung.

Als Alternative böte sich auch eine sogenannte Wechselbeziehung, worunter allerdings zweierlei zu verstehen ist. Einmal, daß die jeweils vorhandenen Wohnungen behalten werden und mal er zu ihr zieht, dann wieder sie zu ihm und so fort.

Zum anderen, daß die beiden zwar wie dargestellt zusammenhängen, aber noch weitere Männer und Frauen vorhanden sind, die wiederum mit diesen Personen zusammenhängen, woraus sich folgerichtig weitere Beziehungen oder gar Wechselbeziehungen ergeben können. Doch das kompliziert den Ichfindungsprozeß wohl zu sehr.

Zusammenfassend wollen wir an diesem Punkt festhalten: Es gilt unendlich viele Aspekte zu berücksichtigen, um den Menschen in seiner ganzen Vielfältigkeit und seiner vielfältigen Ganzheit zu erfassen. Würden wir uns nämlich statt dessen nur auf die ganze Einfältigkeit und seine einfältige Ganzheit beschränken – es wäre traurig um jedes Ich bestellt!

Unabdingbare Voraussetzungen zum Gelingen der Aspektberücksichtigung zwecks Erfassung der Vielfalt sind neben einem Talent für den Umgang mit Zahlen und Buchstaben, einem gewissen bildhaften Vorstellungsvermögen, der Unterscheidungsfähigkeit zwischen Ahnen, Vermuten, Mutmaßen, Raten, Deuten und Wissen auch – und dies übrigens nicht zuletzt – eine ausgeprägte Sensibilität, ergänzt um Intuition und einen gesunden Hormonhaushalt.

Kurz gesagt: Das Finden der Antwort auf die wiederholt gestellte Frage nach dem »Wer bin ich?« setzt den mehr oder weniger gesunden Verstand, den siebten Sinn, Geist und Seele des ganzen Menschen voraus.

Für den astrologischen Laien, aber auch für manchen Horoskeptiker mag das bisher Gesagte etwas schlicht, ja möglicherweise zu leicht nachvollziehbar klingen. Und der eine oder andere Wassermann wird vielleicht sagen: Na klar. Was sonst?

So einfach indes ist das keineswegs. Es gehört weit, weit mehr dazu, an das reine Ich heranzukommen. Dieses weitere aber würde den Rahmen dieses Buches sprengen, weshalb wir uns mit dem Vorhandenen bescheiden wollen.

Ja, genügt denn das? fragen Sie vielleicht an dieser Stelle.

Gewiß, lieber Aquarius, das genügt, denn unverbindliche Aussagen über den Menschen, insbesondere, was seinen Charakter, sein Wesen oder Unwesen, anbelangt, sind immer möglich, desgleichen Anmerkungen über Anlagen. Dazu muß man nur mit offenen Augen durch die Welt gehen und das Bild einer Anlage in sich aufnehmen.

Eine Parkanlage oder eine Wohnanlage hat jeder schon gesehen und sich seine Gedanken darüber gemacht. Solche Gedanken könnten gewesen sein: Warum steht die Bank ausgerechnet da und nicht dort? Weshalb ist der Brunnen rund und nicht viereckig? Wieso wurden gerade Platanen gepflanzt und nicht Pappeln?

Aber auch Gedanken wie diese: Mußte dieses Haus denn unbedingt ein spitzes Dach haben? Wären runde Ecken nicht schöner gewesen? Ja, hätten sich womöglich nicht an Stelle mancher Fenster Türen viel besser gemacht?

Das Vorhandene also ist es, das uns hilft, uns und unser Sein zu ergründen. Und dieses Vorhandene sind nun einmal Sie. Wäre dem nicht so – warum, um Teufel, sollten Sie sich fragen, wer Sie sind?

Auch bei Ihnen, liebe Leserin, lieber Leser, stand die Sonne

am Tage Ihrer Geburt in einem Zeichen des Tierkreises. Nicht in irgendeinem natürlich, sondern im Zeichen Wassermann.

Was bedeutet dies nun? Zunächst, daß Sie irgendwann in da Zeit vom 21. Januar bis 19. Februar geboren sind, im Gegensatz zu anderen, die Tage davor oder danach auf die Welt kamen.

Daraus ließe sich zwar schlußfolgern, daß die früher oder später Geborenen ein anderes Tierkreiszeichen haben, indes wäre das ein voreiliger Schluß, weil es sich hier wie bei allen wissenschaftlich exakten astrologischen Angaben nur um ungefähre Werte handelt. Das hat ganz einfache kosmische Gründe. Die Sonne wechselt von Jahr zu Jahr zu anderen Zeiten in ein anderes Tierkreiszeichen, und das auch nur, wenn sie weiß, wo das betreffende gerade ist.

Nehmen wir als Beispiel einmal den Stier, in dessen Zeichen die Sonne am 21. April treten sollte. Was aber, wenn der Stier gerade auf einer Weide ist?

Zugegeben, das wäre schon ungewöhnlich, liegt indes dennoch im Bereich des Möglichen. Dies macht die Ichsuche, auf der wir uns befinden, ja gerade so kompliziert. Und nicht von ungefähr ist das schöne alte Volkslied »Weißt du, wo die Sternlein stehen« die Hymne der Astrologengewerkschaft.

Hier nunmehr die versprochenen allgemeinen Aussagen darüber, wer Sie in Ihrer Eigenschaft als Wassermann sind und wer nicht. Denken Sie aber daran: Diese Feststellungen können auch für alle anderen zutreffen oder nicht. Was tatsächlich für Sie ganz individuell gilt, das steht in den Sternen.

Der Wassermann ist manchmal freundlich, nett, zuvorkommend und höflich, dann wieder barsch, rücksichtslos, fies und unhöflich.

Er gibt sich distanziert, kann aber ganz anders, besonders dann, wenn er Nähe sucht.

Die in diesem Sternzeichen Geborenen neigen dazu, beim Laufen nach vorn zu schauen. Manchmal aber – das hängt von gewissen Umständen ab – blicken sie auch zurück, was jedoch nicht unbedingt im Zorn sein muß.

Ein Wassermann ist seinem ganzen Wesen nach positiv und optimistisch, negativ und pessimistisch hingegen, wenn sein Unwesen dominiert.

Die Hoffnung wird ein Aquarius im Prinzip nie verlieren. Vorsicht aber ist geboten, wenn er sie nicht festhält. Dann könnte sie herunterfallen.

Schließlich noch dies: Der Wassermann ist durch und durch menschlich, und dies erinnert ihn stets daran, daß es ihm besser geht als anderen, sofern er keine schwerwiegenden Probleme hat.

Nach diesen Allgemeinplätzen nunmehr ins Detail, da ohne fachkundige astrologische Führung immer die Gefahr besteht, daß der Wassermann sich zu Fehldeutungen hinreißen läßt, die allzu oft ein böses Erwachen nach sich ziehen können.

Da wir von Freundlichkeit sprachen, von Höflichkeit und Zuvorkommenheit, Tugenden also, die heutzutage ja keineswegs selbstverständlich sind, wollen wir diese an einem praktischen Beispiel aus dem stinknormalen, ganz alltäglichen Leben verdeutlichen.

Gesetzt den Fall, Sie befinden sich gerade in Ihrer Bank, aus Gründen, die absolut keine Rolle spielen. Und jetzt, Sie denken ebensowenig an etwas Böses wie die anderen entnervten Kunden, die sauer sind, weil die Angestellten sie einfach ignorieren und weiter mit ihrem Klatsch befaßt sind, statt

das zu tun, wofür sie bezahlt werden, kommen drei weitere Kunden in die Bank.

Zwei von ihnen postieren sich gelangweilt neben der Tür, der dritte hingegen schreitet zu dem einzigen besetzten Kassenschalter, an dem sich zwangsläufig eine lange Schlange gebildet hat, in der Sie ebenfalls stehen.

Statt sich nun hinten anzustellen, geht der Betreffende ruhig und sehr gemessenen Schrittes an den Wartenden vorbei. »Verzeihen Sie«, hören Sie ihn mit angenehm klingender Baritonstimme sagen, »aber ich habe es sehr, sehr eilig. Würden Sie mich bitte vorlassen?«

Klar, daß dies verärgertes Gemurmel auslöst und Reaktionen wie »Was glauben Sie eigentlich, wer Sie sind?« oder »Wir haben's auch eilig! Stellen Sie sich gefälligst hinten an!«

Üblicherweise dürfte jetzt eine Verbalauseinandersetzung beginnen, die unter entsprechenden Umständen zu Tätlichkeiten führen könnte. Dies ist aber erstaunlicherweise hier nicht so.

Der Gescholtene lächelt mild und freundlich, zieht mit Bedacht eine langläufige, großkalibrige Pistole aus der Manteltasche, blickt nachdenklich erst auf diese, dann auf die Wartenden und erklärt: »Dies ist ein Überfall! Wenn Sie bitte alle so liebenswürdig wären und es sich bäuchlings, das Gesicht nach unten, die Arme im Nacken verschränkt, mit gespreizten Beinen auf dem Boden bequem machen würden? Ich danke Ihnen für Ihr Verständnis. Bitte, nehmen Sie Platz!«

Sie halten das für grotesk? Das wäre es in der Tat, handelte es sich bei dem Bankräuber um den Vertreter eines anderen Sternkreiszeichens. Doch dieser ist durch seine Freundlichkeit eindeutig als Wassermann identifiziert – übrigens ein Faktum,

das sie sich unbedingt merken sollten, da Sie so der Polizei später wichtige Hinweise für die Täterverfolgung geben können.

Der wassermanntypische Bankraub findet konsequenterweise seine Fortsetzung mit einem an den Kassierer gerichteten »Guten Tag! Mein Name tut nichts zur Sache, da ich ohnehin kein Konto bei Ihnen habe, doch – dies nur, falls es Ihrer geschätzten Aufmerksamkeit entgangen sein sollte – ich beabsichtige, eine größere Barabhebung vorzunehmen. Seien Sie so entgegenkommend und packen Sie alles, was Sie an Scheinen haben, ein. Und danach machen wir gemeinsam einen kleinen Ausflug.«

Schenken wir uns den Rest. Den können Sie sich unschwer ausmalen, was einschließt, daß der überfallende Wassermann selbstverständlich dem Kassierer und den anderen Geiseln beim Verlassen der Bank den Vortritt lassen wird und ihnen am Ende gar galant die Türen des draußen wartenden Fluchtautos öffnet.

So zeigt sich der Aquarius von seiner besten Seite – in jeder Hinsicht vorbildlich freundlich.

Abhängig vom Aszendenten kann dies, es fand an anderer Stelle bereits Erwähnung, ins krasse Gegenteil umschlagen. Stichwort: Rücksichtslosigkeit. Zufällig wurden wir vor ein paar Tagen unfreiwillige Zeugen solch ebenfalls typischen Wassermannverhaltens.

Vor einer geschlossenen Tür stand eine Warteschlange, der im vorherigen Beispiel erwähnten durchaus vergleichbar, aber weniger lang. Auch diese Kunden waren entnervt, ja ungehalten. Und da kam ein weiterer Mann hereingestürzt, das Gesicht entsetzlich verzerrt, einer animalischen Grimasse mehr ähnlich denn einem menschlichen Antlitz, rannte an den

Wartenden vorbei zur Tür – der einzigen im Raume – und brüllte gegen diese hämmernd: »Aufmachen! Sofort! Ich muß ... ich muß!«

Aus Rücksichtnahme auf empfindsame Leserinnen und Leser wollen wir es bei diesem dezenten Hinweis auf das, was er mußte, belassen und das Beispiel mit der Andeutung beschließen, daß die Sache in die Hose ging. Was einmal mehr die Rücksichtslosigkeit und zudem die Unhöflichkeit des Wassermanns verdeutlichen mag.

Über die Definition dessen, was Optimismus ist, gehen die Meinungen der Fachgelehrten wie immer auseinander. Um so wichtiger scheint es uns, diesen Ihnen eigenen Seinszug zu verdeutlichen.

Ein in einem anderen Sternkreiszeichen Geborener wird vermutlich schreien und Todesängste erleiden, wenn er in 2.000 Meter Höhe aus einem Flugzeug gesprungen ist und plötzlich feststellt, daß er den Fallschirm vergessen hat. Er wird seinem Pessimismus frönen und sich vor Versinken in die Bewußtlosigkeit seinem unausweichlichen Schicksal ergeben. Das eben ist ein Fehler. Aber gut bzw. schlecht. Zu spät.

Nicht so beim optimistischen Aquarius. Der erfreut sich des heranrasenden Bodens – was eine gewisse Widersprüchlichkeit zu seinem vorerwähnten Distanzhalten bedeutet – und sagt sich gut gelaunt, abhängig von der jeweils erreichten Höhe oder Tiefe »Bis hierher ging's gut«. Zwar ist der Rest dann aller Wahrscheinlichkeit nach Schweigen, doch dieser Mensch hat sich zweifelsfrei bis zur letzten Sekunde seine typisch positive, optimistische Lebenseinstellung bewahrt. Schön, daß es so etwas gibt!

Der Aszendent ist auch dafür bestimmend, ob und in wel-

chem Umfang ein Wassermann, die Wasserfrau natürlich ebenfalls, an das Gute im Menschen glaubt. Ein typisches Aquariusverhalten ist, sofern dieser grundlegende Wesenszug vorhanden, daß der oder die Betreffende, ohne auch nur eine Sekunde über mögliche Folgen nachzudenken, Bücher an gute Freunde verleiht. Er wird sich zwar nach einigen Jahren darüber wundern, warum sein Bücherschrank oder Bücherregal total leer ist, dies aber damit erklären, daß er die Bände einfach verlegt haben muß.

Das, bester Wassermann, sollten Sie zugleich als, wiewohl hinkendes, Beispiel dafür betrachten, was Ihre Phantasie für Folgen haben kann. Dieser im Grunde ja zugestandenermaßen positive Wesenszug vermag in Übersteigerung zu Wunschvorstellungen zu führen. Prinzipiell ist dagegen absolut nichts einzuwenden, denn was wäre Weihnachten, Ihr Geburtstag oder ein Jubiläum schon ohne Wünsche?

Aber sich zu wünschen, daß Ihre Frau zu Ihnen zurückkehrt, nachdem Sie sie erst nach Strich und Faden betrogen haben, das Konto Ihrer besseren Hälfte abgeräumt, ihr Sparbuch geplündert und die Kohle mit einem Flittchen durchgebracht haben, scheint uns doch etwas arg vermessen.

Alles in den Sternen, und besonders in Ihrem Geburtsgestirn, deutet nämlich darauf, daß Ihr vorhandener Glaube an das Gute im Menschen in einem solchen Fall herb enttäuscht werden dürfte.

Sie sind jemand, auch dies bedarf der Darlegung, der versucht, die sogenannten Grenzen des Machbaren zu erweitern. Ein schöner Zug, zugegeben. Überlegen Sie aber bitte, welche Konsequenzen das früher oder später haben könnte.

Der wegen seiner Großzügigkeit allseits beliebte Aquarius

Friedhelm Bernhard Schramm in Sternhagel an der Voll machte jahrelang sehr gekonnt Bares. Er begnügte sich zwar mit der Herstellung kleinerer Scheine, doch nach der Einführung neuer Banknoten fiel er mit seinen falschen Fuffzigern auf. Schramm sitzt noch immer ein und – dies spricht wiederum fraglos für das ihm innewohnende Positive – denkt intensiv über die Erschließung von Neuland nach. Vermutlich haben Sie in der Presse verfolgt, daß seine fünf Ausbruchsversuche bedauerlicherweise erfolglos blieben.

Vielleicht ist Ihnen bisher überhaupt noch nicht bewußt geworden, warum Sie oft dieses schier unerträgliche Gefühl von Enge, von Eingesperrtsein, Einschnürung und enganliegenden Fesseln haben, das allzuoft dazu führt, daß Sie zu schreien beginnen. Damit, lieber Aquarius, gute Aquaria, sind Sie nicht allein. Anderen in Ihrem Sternkreiszeichen Geborenen geht es, bekleidet mit einer unmodischen Zwangsjacke und in einer Gummizelle vor sich hindösend, durchaus ähnlich. Es ist nun einmal ein weiterer Wesenszug des Wassermannes, daß er Zwang in jeder, folglich auch in dieser Form entschieden ablehnt.

Der eine oder andere Aszendent mag es sein, der bei Menschen wie Ihnen bewirkt, daß Sie Gesetze beachten. Naheliegenderweise erwarten Sie von anderen auch die Befolgung derselben, mithin die Einhaltung von Regeln und Vorschriften aller Art.

In der Praxis bedeutet dies zum Beispiel, daß Sie vom Gesetz des Stärkeren Gebrauch machen, auf Ihrem Vorfahrtsrecht beharren und es selbst dann durchzusetzen entschlossen sind, wenn ein Panzer naht. Den Paragraphen nach sind Sie natürlich völlig im Recht, aber es wäre doch ratsam, einmal zu

bedenken, ob Sie mit Nachgiebigkeit und gewissen Zugeständnissen nicht besser und sicherer ans Ziel gelangten.

Was das Wesen des Wassermanns weiter auszeichnet, ist das Bestreben nach Veränderung zum Besseren. Das zeitigt dann in Verbindung mit Ihrer Phantasie – sofern sie denn nicht in haltlose Utopien übersteigert wird – großartige Ideen, deren Kühnheit Ihre Umwelt begeistern kann.

In diesem Zusammenhang sei an Isolde Petunia erinnert, jene Aquaria, die bereits im Jahre 1957 den revolutionären Vorschlag zur Abschaffung des Vollmondes machte, um so dauerhaft sowohl die unsäglichen Leiden von Abermillionen Mondsüchtiger zu mildern, als auch das Niveau von Sturm- und Springfluten nachhaltig zu senken. Diese Anregung wird zwar gelegentlich in gewissen Kreisen noch wohlwollend diskutiert, doch eine Realisierung scheint, vermutlich bedingt durch den unzulänglichen Stand der Technik, noch in weiter Ferne zu liegen.

Bedauerlich eigentlich, daß der Wassermann bei allem Guten, das er in anderen sieht, oft stark dazu neigt, sich nicht in das Leben anderer einzudrängen. Vermutlich wirft diese Feststellung Staunen bei Ihnen auf, aber überlegen Sie bitte einmal, was wäre, wenn sich beispielsweise ein als Chirurg tätiger Mensch dieses Sternkreiszeichens bei einer akuten Blinddarmentzündung plötzlich weigerte, dieses lebensbedrohliche Anhängsel zu entfernen.

Ein für die Mitmenschen des Wassermanns beglückender Zug ist gewiß, daß Sie sich, sofern Sie sich verbal äußern, dies klar und einprägsam zu tun vermögen. In Situationen, wo in anderen Sternkreiszeichen Geborene ewig lange nachdenken, zögerlich sind, vor der Formulierung unsicher abwägen

»War der Ball nun über der Tor- oder Auslinie oder nicht?«, schreit der Aquarius sofort »Tooooor!« oder »Auuuus!« Diese sprachliche Prägnanz geht soweit, daß Sie fähig sind, ohne Umschweife ein kurzes »Ja« oder »Nein« zu artikulieren, sofern das erforderlich ist.

Lobenswert scheint weiter, und dies darf wohl als folgerichtige Umkehrung Ihres gestirnsbedingten Postulats der Nichteinmischung in die Angelegenheiten anderer bewertet werden, daß Ihr ganzes Sein sich dagegen sträubt, von anderen belehrt zu werden.

Wenn Sie einmal ehrlich an Ihre Schulzeit oder an Ihr Studium zurückdenken, werden Sie das sicherlich vorbehaltlos bestätigen. Es ist nun einmal so, daß der Aquarius – wenn überhaupt – nur aus eigenen Erfahrungen lernt. Und das heißt: Er muß die eine oder andere Klasse wiederholen und hat auch keine Scheu davor, Examensarbeiten auf die lange Bank zu schieben. Woraus ebenso ersichtlich wird, daß Fehlschläge ihn nicht schrecken, außer vermutlich bei einem Tennisturnier, wenn der Ball beim Return am Schläger vorbeifliegt.

Daß Sie die Hoffnung nicht oder selten verlieren, liegt wie dargelegt an Ihrem Optimismus und geht Hand in Hand mit demselben. Aber sie hat auch mit der Ruhe zu tun, die Menschen Ihrer Art auszeichnet. Nur: Diese ist, abhängig selbstverständlich vom ganz individuellen Geburtshoroskop, häufig doch eine zur Schau getragene. Was im Hinblick auf des Wassermanns Wesen bedeutet, daß Unrast ihn oder sie erfüllt. Und das wiederum löst beträchtliche Spannungen aus.

Aber das wollen wir nicht negativ werten, ganz im Gegenteil. Es gibt mannigfache Möglichkeiten, Spannungen sinnvoll zu nutzen oder anzulegen. Das wird Ihnen, sofern Sie persön-

lich betroffen sind, selbst der unfähigste Elektriker bestätigen. Denken Sie nur daran, wie oft gerade in der Winterszeit Spannungen benötigt werden, um einen Wagen mit ausgelutschter Batterie zum Anspringen zu bringen. Alles hat nun mal positive wie negative Seiten.

Auch diese wechselnde Polarität – die im übertragenen Sinne, aber nicht nur, verstanden sein will – ist eine Wassermanneigenart. Sie schlägt sich zuweilen in Sprunghaftigkeit nieder. Natürlich – falls Sie aktiver Sportler sind, etwa Hoch-, Weit- oder Dreispringer – ist dies von Nutzen. Eine Sprunghaftigkeit der Stimmungen hingegen könnte sich als nachteilig erweisen. Das führt, so Sie erste Geige, Cello oder Baß in einem Kammerorchester spielen, zu Ärger.

Ähnliches und anderes löst jene Eigenschaft aus, die behutsam als »Hang zur Besessenheit« umschrieben werden könnte. Diese, die Besessenheit, äußert sich auf mancherlei Art, im Positiven wie im Negativen. Etwa, daß Sie sich für die Größte oder den Größten halten, obwohl Sie es gerade mal auf einsfünfzig bringen. Sie finden sich umwerfend, was auch zutrifft, weil sie bereits ein Schnaps vom Hocker haut. Sie glauben, unwiderstehlich zu sein und leisten deshalb vorsichtshalber gar nicht erst Widerstand, wenn's zur Sache geht – zu welcher auch immer. Vor allem aber – und Sie sollten selbst entscheiden, wie das zu bewerten ist: Sie steigern sich in Dinge herein und machen völlig überflüssigen Druck, besessen von dem Gefühl, selbst unter Druck zu sein. Wir wär's, Aquarius, wenn Sie mal zur Abwechslung Ihre Trimm-dich-Gewichte beiseite legen würden?

Dafür, daß Ihr Gemütszustand zuweilen auf den Nullpunkt sinkt, Sie mithin empfindungslos werden, sich abgestumpft

oder ähnliches fühlen, gibt es allerdings eine weniger astrologische, denn vielmehr hochprozentige Erklärung: Sie haben zu tief ins Glas geschaut. Und wiewohl Feuchtigkeit in gewissem Umfang und zur rechten Zeit noch keinem Menschen, auch keinem Wassermann geschadet hat – haben Sie einmal an die reinigenden Möglichkeiten gedacht, die eine Dusche oder ein Bad nach einwöchiger Wasserabstinenz bieten?

Obwohl – derartige Abstinenz kann andererseits durchaus von Nutzen sein. Etwa, daß Sie im Guinness-Buch der Rekorde als ungewaschenster Aquarius aller Zeiten Eintrag finden. Womit wir einen eleganten Schlenker zu unserem Folgekapitel gefunden haben.

BERÜHMTE WASSERMÄNNER

Berühmte Wassermänner ... und was machen sie?
Der Charakteranalyse IV. Teil

Ruhm und Berühmtheit – das sind fraglos Attribute, mit denen sich die meisten von uns wohl gern schmücken, die aber den meisten meisten aus unterschiedlichsten Gründen versagt bleiben. Was möglicherweise in unmittelbarem Zusammenhang mit dem Sternbild steht, in dem Sie geboren sind. Das bedeutet jedoch keineswegs, daß es keine berühmten Wassermänner wie auch Wasserfrauen gäbe. Im Gegenteil. Namen werden ein paar Absätze später in aller Ausführlichkeit mit ein paar dazu notwendigen – und für Sie peinlichen – Fragen genannt.

Nun sind da mehrfach diese Worte »Ruhm« bzw. »Berühmtheit« aufgetaucht, ohne daß wir wissen, was es damit eigentlich auf sich hat. Was also steckt dahinter? Wann ist jemand berühmt?

Zunächst soviel: Hinter Berühmtheit steckt immer entweder eine herausragende Leistung oder aber eine besondere Eigenart oder etwas Einmaliges, Unverwechselbares.

Derartige Leistungen umfassen das ganze Spektrum menschlichen Strebens, Trachtens und Schaffens – im positiven wie im negativen Sinne. Und je nachdem – ob positiv oder negativ – gelangt dann der so Leistende zu trauriger, makabrer, tragischer, fragwürdiger, zweifelhafter, peinlicher, schändlicher oder einfacher Berühmtheit.

Ein Bäcker Ihres Sternzeichens verwechselte regelmäßig beim Backen Mehl mit Puderzucker, wenn er den Teig zubereitete, was ihm tragische Berühmtheit bescherte.

Peinlich berühmt ob seines Namens wurde ein anderer Wassermann, der Klempner K. Losett, bei dem es sich eben nicht um Erfinder des durchaus nützlichen Klosetts handelt. (Der Ruhm wurde dem tatsächlichen Erfinder übrigens streitig gemacht von Walter Ciebel, kurz W. C. (kein Wassermann), der steif und fest behauptete, schon Jahre zuvor das sogenannte W. C. erfunden zu haben. Der Streit hält bis heute an.)

Zu fragwürdigen Berühmtheiten zählen Politiker, Verbrecher, Feldherren, Talkmaster und ähnliche Gestalten dann, wenn sie Leistungen wie Verdummung, Irreführung, Morde, Hinrichtungen und Geschwätz vorweisen können. Selbstverständlich gilt das nicht für alle.

Eigenarten oder Unverwechselbares können eine lange Nase, eine besonders ausgeprägte Glatze, Körpergröße, aber auch Unverfrorenheit und Dummerhaftigkeit sein. Die Reihe läßt sich endlos fortsetzen.

Auf diese Berühmtheit folgt fast automatisch Ruhm.

Wenn alles das für den einen oder anderen nicht zutrifft, gibt es darüber hinaus vielleicht einen Geheimtip, um trotzdem Berühmtheit zu erlangen? Und falls ja, wie geht das? wird der geneigte Leser fragen. Geneigt natürlich nur dann, wenn er gerade den Kopf über dieses Buch gesenkt hat.

Lord Byron (ein Wassermann!) hat darauf vor Jahrzehnten eine ganz einfache Antwort, mithin eine ebenso einfache Lösung gefunden, deren Nachahmung wir ausdrücklich empfehlen wollen. In seinem »Tagebuch« schrieb er nämlich lapidar: »Ich erwachte eines Morgens und fand mich berühmt.«

Man sieht – es ist wirklich einfach.

Als durchschnittlicher Wassermann indes tut man sich mög-

licherweise schwerer als nötig mit dem Berühmtwerden, obwohl doch alle Voraussetzungen dafür vorhanden sind.

Wieso dies? Zunächst: Als elftes Zeichen des Tierkreises ist ein Wassermann optimal plaziert. Er liegt fast genau zwischen dem zehnten und dem zwölften Tierkreiszeichen, was in anderen Sternzeichen Geborene nun wahrhaftig nicht für sich in Anspruch nehmen können.

Dieses Plus, in Verbindung mit dem Saturn als Haus, zudem der Venus, dem Merkur und gar dem Mond als Dekane, ist von enormem Vorteil. Sie brauchten ihn, streng genommen, im Prinzip nur zu nutzen, genau so, wie es Dutzende anderer vor Ihnen getan haben.

An dieser Stelle seien ein paar horoskopische Grundlagen nachgetragen, deren Verständnis für einen zugegebenermaßen komplizierteren Berühmtwerdungsprozeß notwendig ist.

In unserem Jahrhundert hat sich dank des technisch-wissenschaftlichen Fortschritts in allen Bereichen und der damit verbundenen Erfindungen und Entdeckungen in breiten Kreisen der Weltbevölkerung die Erkenntnis durchgesetzt, daß die Erde nicht den Mittelpunkt des Universums darstellt. Dies hat zwangsläufig unser Weltbild entscheidend verändert.

Weiter wissen wir heute definitiv, daß die Erde keine Scheibe ist, wie Jahrtausende lang geglaubt wurde. Nein, die Erde ist eine Kugel, genauer eine Birne, gemessen an den anderen Früchten – um im Bild zu bleiben – des Kosmos natürlich nur eine unendlich kleine, ein Früchtchen also.

Schließlich, auch dieser großartigen Entdeckung sollte man sich viel bewußter sein, herrscht ein ständiger Wechsel von Tag und Nacht, was mit der Drehung der Erde in einer gewissen Richtung zu tun hat. Interessant in diesem Zusammenhang ist,

daß, drehte sich die Erde andersherum, ein ständiger Wechsel von Nacht und Tag erfolgte. Dies zöge, wäre es denn so, verheerende Folgen nach sich. Alles, wirklich alles, wäre und geschähe umgekehrt.

Was heißt: links und rechts wären ebenso vertauscht wie hinten und vorn. Wir müßten uns an ein anderes Oben und Unten gewöhnen. Ja, sogar unsere Zeitrechnung wäre eine völlig andere, womit sämtliche Uhren anders gingen. Auch das Jahr, wie wir es mit seinen Jahreszeiten kennen, schiene uns fremd.

Es sei dahingestellt, wie wir damit leben würden, ginge am frühen Morgen die Sonne unter und der Mond auf. Wie hielten wir's dann mit unseren Mahlzeiten? Müßten sie nicht logischerweise ganz anders eingenommen werden? Hätte diese totale und radikale Gegensätzlichkeit vielleicht einen gänzlich anderen Verdauungsprozeß zur Folge? Ein Szenario von ungeheuerlichen Ausmaßen, das das Fassungsvermögen des normalverbildeten Menschen absolut übersteigt!

Einige ausgeflippte Wissenschaftler haben gar eine Hypothese aufgestellt, wonach wir, würde sich die Erde in entgegengesetzter Richtung drehen, nehcärps sträwkcür. Das muß sich einer mal vorstellen!

Zu unserem Glück ist aber alles so, wie es ist. Wobei die für die Horoskopie – damit auch das Berühmtwerden oder Sein, was ja unser Thema ist – wichtigen Mondphasen keineswegs vergessen werden dürfen und Sonnenauf- wie untergang nicht minder.

Und was bedeutet das? Trotz unserer Müllberge, der Umweltverschmutzung und der Diskussion um die Tempolimits geht die Sonne unbeirrt im Osten auf und im Westen unter.

Ebenso unbeirrt drehen sich die Planeten. Ist es nicht ein wunderbares Gefühl zu wissen, daß alles einen so schönen Gang geht?

Pessimisten werden einwerfen: »Aber die Fixsterne!«, bedeutungsvoll dazu nicken, und in diesem Zusammenhang auf eines der großen Probleme unserer Zeit, das Drogenproblem also, verweisen.

Seien wir doch einmal ehrlich – und damit bekommt die Diskussion um Drogen eine völlig neue Dimension –, wo wären wir denn, wo bliebe unser ganzes vertrautes Weltbild, wenn diese Sterne nicht gefixt hätten und dies bis heute tun? Wobei es völlig irrelevant ist, welchen Stoff sie nehmen. Nehmen wir das als gegeben hin, sind wir schon ein schönes Stück weiter.

Kommen wir nunmehr zu den versprochenen berühmten Wassermännern, gleich verknüpft mit jenen schicksalhaften Fragen, die Ihnen Anlaß zur Selbstprüfung geben sollten.

Wolfgang Amadeus Mozart war Wassermann. Und warum haben Sie nicht »Die Zauberflöte« geschrieben? Kommen Sie bitte nicht mit dem Einwand, an anderer Stelle habe gestanden, Wassermänner hätten's nicht so mit der Musik! Die paar Noten hätten Sie ja wohl noch schreiben können.

Charles Lindbergh wurde im selben Sternzeichen geboren. Wo waren Sie, als er über den Atlantik flog?

Christian Dior, ebenfalls ein Aquarius. Wo, bitte, bleibt Ihre Modekollektion?

Oder nehmen wir Politiker wie Abraham Lincoln, F. D. Roosevelt, Ronald Reagan und Theodor Heuss: Durch die Bank Wassermänner, und was für welche. Frage an Sie: Welche Rolle spielen Sie in der Politik?

Dann Schauspieler wie Paul Newman, John Travolta, Matt Dillon, Clark Gable und James Dean, der Regisseur François Truffaut. In welchem Film gedenken Sie mitzuspielen? Wann endlich bekommen Sie den Oscar?

Auch wenn es normalerweise heißt »Ladys first«, Aquaria, in diesem Fall wurde eigens aus Gründen der Rücksichtnahme und Höflichkeit mit der Schelte der männlichen Wassermänner begonnen. Jetzt sind Sie dran.

Eva Braun brachte es zur Frau Führers. Haben Sie eine plausible Erklärung parat, warum Sie das nicht geschafft haben?

Vera Brühne wurde wegen Giftmordes verurteilt und eingesperrt. Welche Bilanz haben Sie vorzuweisen? Wieviel Jahre haben Sie gesessen – ob unschuldig oder nicht steht dabei nicht zur Diskussion.

Caroline und Stephanie von Monaco – beide in Ihrem Sternzeichen geboren. Warum kommen Sie nicht auf die Titelseiten der Yellow Press? Ist Ihr Leben etwa so gewöhnlich und fad?

Führen wir schließlich noch Kim Novak an, Nastassja Kinski, Mia Farrow, Jeanne Moreau und Juliette Greco. Weitere Fragen würden Sie wahrscheinlich nur mehr in Verlegenheit bringen. Lassen wir es also bei dieser Kurzübersicht bewenden.

Statt aber zu schmollen, sollten Sie diese mehr oder weniger leuchtenden Sternzeichenvorbilder dazu nutzen, zu überlegen, was Sie tun können, um so berühmt zu werden, daß Sie in die Reihe gelangen.

Vielleicht helfen Ihnen die folgenden Anregungen weiter. Was Sie daraus machen, liegt natürlich ganz bei Ihnen und dem Schicksal, das Ihre Sterne für Sie ausgeguckt haben.

Wenn Sie ungeschickt im Umgang mit Nadel und Faden

sind und das Nähen hassen, was hindert Sie daran, als schlechteste Schneiderin Ihres Wohnortes berühmt zu werden?

Mannigfache Möglichkeiten, Herausragendes zu leisten, bietet jeder Haushalt, eben wegen der vielfältigen und doch unterschiedlichen Aufgaben. Hier seien nur Putzen, Kochen, Staubsaugen, Waschen und dergleichen sinnvolle Tätigkeiten genannt. Wundersamerweise gibt es bis heute keinen Wassermann, der oder die dadurch berühmt geworden wäre. Warum eigentlich nicht?

Auch das Verhältnis zum und der Verkehr mit dem anderen Geschlecht weisen Wege in die richtige Richtung. Ein Aquarius beispielsweise könnte als größte Niete im Bett in die neuere Geschichte der Erotik eingehen. Dazu muß er nicht einmal etwas können, im Gegenteil – diese Berühmtheit fiele ihm von alleine in den Schoß. Was natürlich voraussetzt, daß seine Partnerinnen kein Blatt vor den Mund nehmen und frei von der Leber weg reden.

Oder haben vielleicht gerade Sie eine besonders unreine Haut? In Kooperation mit einer geeigneten Kosmetikfirma, der Sie sich als Versuchskaninchen andienen, könnten Sie Karriere machen und Ruhm erlangen. Also, lassen Sie sich etwas einfallen.

Eines sollte Ihnen bei all Ihren Bemühungen aber klar sein: Wenn vorhin von Leistung die Rede war, bedeutet das nicht, jeder, der sich etwas leisten kann, würde berühmt werden. Zwischen leisten und leisten können besteht ein himmelweiter Unterschied. Und schließlich – selbst wenn Sie sich etwas leisten, können Sie sich das überhaupt leisten? Nein. Das ist schon wieder eine Leistung!

Typisch für SIE – Typisch für IHN

Wie jeder Mensch, so hat auch der Wassermann seine Vorlieben und Abneigungen für bzw. gegen gewisse Dinge. Er fühlt sich hingezogen oder abgestoßen, liebt das eine, haßt anderes, zieht gewisse Gerichte vor, wogegen bestimmte ihm nicht schmecken.

Dies alles und noch viel mehr liegt im Wesen des Wassermanns begründet, der ja ein sogenanntes Luftzeichen ist. (Auf diesen Widerspruch haben wir bereits an anderer Stelle hingewiesen.)

Ohne verallgemeinern zu wollen, läßt sich ein Aquarius mit ziemlicher Sicherheit an den ihm eigenen Vorlieben und Verhaltensweisen erkennen. Und um diese geht es hier.

Obzwar die in diesem Sternzeichen Geborenen im Grunde geduldige Menschen sind, erreichen sie irgendwann den Punkt, an dem sie sichtlich nervös werden und die Beherrschung völlig zu verlieren drohen.

Das läßt sich gut auf einem Bahnhof oder Flughafen beobachten, wo Fahrgäste bzw. Passagiere auf das entsprechende Transportmittel warten. Bei genauem Hinschauen wird auffallen, daß manche dieser Wartenden einen zunächst sehr gelassenen Eindruck machen. Sie schlendern gemächlich über den Bahnsteig, verweilen vielleicht an einem Kiosk und blättern in einer Zeitschrift. Ein Bild von geradezu beglückend ansteckender Ruhe.

Je näher indes die Abfahrts- bzw. Abflugzeit rückt, desto

merklicher ändert sich das Bild. Das beginnt mit einem Blick auf die Armbanduhr, auf den ein vergleichender Blick zu einer Bahnhofs- oder Flughafenuhr folgt, an den sich ein weiterer kontrollierender Blick auf die Armbanduhr anschließt.

Das wäre weiter nicht ungewöhnlich, wenn es dabei bliebe. Doch dieses Auf-die-Uhr-Schauen findet bald in immer kürzer werdenden Abständen statt, verbunden mit einer deutlichen Beschleunigung der Gangart.

Beides steigert sich spätestens in dem Augenblick weiter, wenn über Lautsprecher die Ansage kommt, der Zug von nach habe soundsoviel Minuten Verspätung oder der Abflug der Maschine nach verzögere sich um eine Viertelstunde.

Noch bleiben die Wassermänner, denn natürlich handelt es sich bei den beschriebenen Reisenden um solche, vergleichsweise ruhig. Kaum aber ist der angekündigte Verspätungszeitraum erreicht, ohne daß das entsprechende Verkehrsmittel eingetroffen wäre, dafür hingegen eine größere Verspätung verkündet, entwickeln sie eine erschreckende Hektik.

Diese äußert sich in blitzschnellen ruckartigen Kopfdrehbewegungen, auf die – abhängig von der Körpergröße – mit kurzen oder weit ausgreifenden Schritten der Gang zum Informationsschalter erfolgt, auf den bereits Dutzende anderer Männer und Frauen aus allen Richtungen zuströmen.

Sie werden unschwer erraten können, zu welchem Sternzeichen all jene gehören, die ihrem Unmut auf dererlei Art und Weise Ausdruck verleihen.

Damit aber nicht genug. Über kurz oder lang kommt es unausweichlich zu Handgreiflichkeiten, wenn sich herausstellt, daß es bei der angekündigten Verspätung der Verspätung nicht bleibt. Ein Chaos bricht aus, Toben und Schreien erfüllt

den Wartesaal. Und all dies nur, weil der Wassermann Pünktlichkeit schätzt, Verspätungen rigoros ablehnt und die ihm angeborene Geduld nicht ignoriert, sondern auch verliert.

Dabei gäbe es in solchen Situationen ein ganz einfaches Mittel, Ruhe zu bewahren. Es bedarf nichts weiter als eines Rückstellens der Uhr entsprechend der angekündigten Verspätung. So bliebe die vom Aquarius geschätzte Pünktlichkeit erhalten – relativ gesehen.

Auf ihre Geduld sollten sich Menschen dieses Sternzeichens auch im Berufsleben besinnen. So kommen sie nämlich viel weiter. Unklug, ja töricht hingegen ist ein Verhalten, wie es leider allzu häufig beobachtet werden kann.

Da tritt ein Wassermann gerade frisch ins Berufsleben ein und macht sich gleich am ersten Tag Gedanken darüber, was er denn nach Erreichen der Altersgrenze tun könne, wie und womit er seine Zeit dann ausfüllt.

Diese Einstellung ist natürlich grundverkehrt. Sinnvoll wäre es, mit solchen Überlegungen am zweiten Tag zu beginnen und erst im Laufe der nächsten Monate und Jahre konkret zu planen.

Wenn es denn aber durchaus jetzt schon sein muß, weil die Einflüsse der Sterne dazu treiben, so würde sich empfehlen, zu überlegen, mit welcher Nebentätigkeit die Rente aufzubessern wäre, die der Wassermann wegen seiner Weitsichtigkeit vorsorglich schon früh hat berechnen lassen.

Wie steht es nun um Gesundheit und Lebensweise beim Aquarius? Verliert er im Übermaß Schuppen, läßt dies entweder auf eine Haarerkrankung schließen oder auf enormen Streß oder einfach darauf, daß er das falsche Shampoo verwendet.

Erfahrungsgemäß neigt sein Kreislauf zum Kollabieren, sofern er nicht im richtigen Element ist. Er fühlt sich nämlich bei kühlem bis kaltem Wetter am wohlsten und genießt strömenden Regen und wirbelnden Schnee.

Diese Wetterneigung kann ihm aber zum Verhängnis werden und ernsthafte Erkrankungen nach sich ziehen, wenn er nicht entsprechend gekleidet ist. Deshalb wäre dem Wassermann warme Kleidung zu empfehlen, die zudem windfest und regendicht sein sollte, ohne ihn dabei einzuengen, damit er nicht naß wird oder friert und sich erkältet. Auch an entsprechend solides Schuhwerk sollte man denken. Sandalen z. B. sind bei Matsch und Schnee nur bedingt geeignet. Andererseits erfüllen selbst hohe, gut imprägnierte Stiefel ihren Zweck nicht, wenn die Sohlen fehlen.

Es mag erstaunen, daß ausgerechnet Igel und praktisch sämtliche Vögel die Lieblingstiere des Wassermanns sind. Da aber Wassermänner zuweilen gern die Stacheln zeigen, sich bei anderer Gelegenheit hingegen lieber einigeln, ist die Vorliebe für Igel verständlich, zumal wenn man ferner bedenkt, daß so ein in Lehm gepacktes, am offenen Feuer gegartes Tier recht schmackhaft sein kann.

Ganz einfach läßt sich Liebe zu Vögeln erklären, sind doch Menschen dieses Sternzeichens häufig selbst komische Vögel.

Zu ihren Lieblingsspeisen gehört Obst aller Art (was beweist, welch hohen Wert der Wassermann auf gesunde Ernährung legt), gleich ob in frischem, tiefgefrorenem, gedörrtem, getrocknetem und gekeltertem Zustand oder als Konserve. Vor allem zählt Obst in gebrannter Form dazu, etwa als hochprozentiger Williams Christ, als Kirschwässerli oder Pflaumenschnaps.

Logischerweise ist Blau die Lieblingsfarbe des Aquarius, bei

dem einen oder anderen vielleicht auch der Lieblingszustand. Was wiederum erklärt, warum neben Kakteen, aus denen sich ja bekanntlich auch recht berauschende Getränke herstellen lassen, das Zittergras zu seinen Pflanzenfavoriten gehört.

Das bevorzugte Blau in verschiedensten Schattierungen und Zuständen findet sich auch im Amethyst wieder, jenem Edelstein, der in Entsprechung zu ihm steht.

Unter Berücksichtigung der vorerwähnten Lieblingsspeisen nimmt es wohl nicht wunder, daß gerade das hohe C sein Lieblingston ist.

Der Wassermann hat ein Faible für alles Elektrische, sei es, weil er oft unter Strom steht, oder einfach, weil er Hochspannung schätzt. Seine Leidenschaft fürs Fliegen (wofür symbolisch ja auch seine Liebe zu Vögeln steht) kann bei ihm zum Wahnsinn ausarten, dergestalt, daß er versucht, selbst solche Gegenstände zum Fliegen zu bringen, die dafür eigentlich völlig ungeeignet sind, wie beispielsweise Teller, Töpfe oder Tassen.

Zu solchen Auswüchsen kommt es allerdings nur, wenn er nach exzessivem Genuß seiner Lieblingsspeise seinen Lieblingszustand bzw. seine Lieblingsfarbe erreicht hat. Wer in solchen Augenblicken in unmittelbarer Reichweite eines Wassermanns ist, sollte auf der Hut sein, denn Obstgenuß hin oder her – dann ist mit ihm nicht gut Kirschen essen!

Was, so mögen Sie an dieser Stelle einwenden, hat es eigentlich für eine Bewandtnis mit dem Wort »Entsprechung«, das da vorhin genannt wurde?

Gut, daß Sie daran erinnern. Darunter versteht der aus- oder eingebildete Astrologe, daß es zwischen der äußeren Gestalt eines Objekts oder eines lebenden Körpers und seinen Qualitäten ganz eindeutige Zusammenhänge gibt.

Eine nach oben ausgebeulte Konservendose etwa, auf der wir als Verfallsdatum den 2.5.1964 entdecken, verrät eindeutig, daß ihr Inhalt von schlechter Qualität sein muß. Der möglicherweise darauf vorhandene Rost kann aber dennoch von guter Qualität sein. Es kommt eben darauf an, wie man die Zusammenhänge eindeutet.

Eindeutiger ist so ein Zusammenhang bei einem Schrottauto. Bei dessen bloßem Anblick können wir davon ausgehen, daß es keinerlei Fahrqualitäten mehr hat.

Ferner bedeutet Entsprechung, daß alles im Weltall nahtlos nach Vorgabe der Gestirne ineinandergreift, mithin bestimmt und gelenkt wird.

Nehmen wir zur Verdeutlichung des letzteren als ein kleines Beispiel das Gestein Basalt, das die Entsprechung aus der Mineralwelt zum Aquarius ist. Wirft man einem Wassermann ein Stück Basalt kräftig an den Kopf, so kippt dieser um, eben weil die Gestirne den Flug bestimmt haben.

Nun gibt es natürlich noch eine Menge anderer Entsprechungen, die hier Gültigkeit besitzen. Polen etwa ist ebenso eine Länderentsprechung wie Westfalen, Preußen, Rußland oder Amerika. Was jedoch keineswegs bedeutet, daß jeder Pole ein Wassermann wäre.

Weitere Entsprechungen sind Städte wie Hameln, Bremen, Salzburg, Moskau und St. Petersburg oder physiologische wie Beine, Herz und Blut. Keine Entsprechungen sind eigenartigerweise Wasserburg oder Wasserkopf und Wassersucht, obwohl man meinen sollte, daß doch gerade letzteres die Sucht des Aquarius schlechthin sein müsse.

Hier seien der Vollständigkeit halber noch einige Dinge aufgeführt, die keine Entsprechungen sind, obwohl sie es im

Prinzip sehr wohl sein könnten. Vergessen Sie also Wasserball, Wasserdampf, Wassergraben, Wasserleiche und Wasserrohr gleich wieder.

Fragen Sie aber bitte nicht, warum das so ist, sondern nehmen Sie hin, daß dies aus geheimnisvollen kosmischen Gründen keine Entsprechungen sein können.

Bevor wir uns in diesem Wissen jenen Entsprechungen zuwenden wollen, die für den Wassermann von gewaltiger Bedeutung sind, nämlich, wer zu ihm als Partner oder Partnerin paßt und warum, seien hier abschließend seine Lieblingszahlen genannt.

Derer hat er gleich sechs, und dies sind, wie Sie sicher schon ahnen werden, die sechs Richtigen im Lotto. Haben Sie was zum Mitschreiben? Dann notieren Sie: 11 – 24 – 37 – 38 – 41 – 43. Die jedenfalls kamen bei der 35. Ausspielung im Jahre 1973 zum Zuge.

NICHTS WIE RAN ...!

Welches Sternzeichen zum Wassermann paßt und warum

Eine Frage vorab, um Ihnen eventuellen Ärger zu ersparen: Haben Sie die genannten Zahlen getippt und tatsächlich sechs Richtige gehabt? Herzlichen Glückwunsch, aber erzählen Sie niemandem davon, zumal jetzt, wo Sie sich an die Partnerprüfung machen.

Stellen Sie sich nur einmal vor, Sie erfahren, daß der Partner oder die Partnerin, der/die sie gerade haben, überhaupt nicht zu Ihnen paßt. Was dann?

Die logische Konsequenz ist doch, sich sofort zu trennen oder, wenn das nicht möglich ist, sich zum nächst erreichbaren Zeitpunkt scheiden zu lassen, bevor die Beziehung zu der von den Sternen angekündigten Katastrophe wird, die – und das ist der Knackpunkt – für Sie überdies mit einem gewaltigen finanziellen Verlust verbunden wäre.

Also nochmals – kein Wort über Ihren Riesengewinn!

Wer paßt zu wem? In die Abermillionen mag die Zahl derer gehen, die sich diese Frage schon ein- oder mehrmals gestellt, ohne indes eine zuverlässige Antwort bekommen zu haben.

Kein Wunder – denn nicht irgend jemand kann hier helfen. In solchen Situationen ist es allein die Astrologie mit ihrer unermeßlichen Menschenkenntnis, die Aufschluß geben kann.

Nicht von ungefähr sagt man »Diese Ehe wurde im Himmel geschlossen«. Damit ist nichts anderes gemeint, als daß die Sterne hoch droben sich einig waren und – egal ob sie nun

gerade mal wieder gefixt hatten oder nicht – ihren Segen dazu gegeben haben.

Dies sollten wir uns ebenso vor Augen führen wie die Tatsache, daß allein der Astrologe, der ein individuelles Geburtshoroskop erstellt und ihm alle relevanten Informationen über den betreffenden Menschen entnommen hat, weiß, was diesem lieb und teuer ist bzw. wäre oder sein kann. (Das schlägt sich nebenbei bemerkt auch im Honorar für das Horoskop nieder.)

Wie geht der Astrologe aber vor, um zu sehen, ob's mit dem Bund fürs Leben der potentiellen Partner klappt? Natürlich, er vergleicht. Er schaut sich die Horoskope der beiden an. Ist nur eins von einem Partner vorhanden, stellt er das des anderen zunächst, was diesen – abhängig vom Ergebnis – entweder billiger kommt, wenn ihm von dem Schritt abgeraten wird, oder teurer, wenn der Horoskopsteller weiß, daß der Mann genügend Geld hat.

Was vergleicht der Astrologe? Das ist indivuell verschieden. Vielleicht schaut er zunächst einmal nach, ob er's mit einem Mann und einer Frau zu tun hat, obwohl das heutzutage ja nicht mehr zwingend ist. Aber ein konservativer Sternendeuter wird mutmaßlich so verfahren.

Der nächste Schritt wird sein, Übereinstimmungen festzustellen, eine Art Deckungsgleichheit gewissermaßen, aber auch Wesensverwandtschaften. Er kann ablesen, ob und wenn ja wann es in der Beziehung kracht, möglicherweise sogar wie und – wenn dem Fragesteller auch diese Auskunft lieb und teuer ist – sogar durch wen.

Als Grundregel für den Vergleich, den wir gleich ziehen werden, gilt: Der Sonnenstand allein hilft uns nicht weiter! Was einleuchtet, da ja Partnerschaften nicht nur am Tage

bestehen. Folgerichtig heißt die zweite Regel: Der Mond muß her.

Was so einfach klingt, hat einen ganz ernsten Hintergrund. Solchermaßen haben wir nämlich das erste Oppositionspaar geschaffen, als Sonne und Mond, was wir auch übersetzen können mit heiß und kalt, zuweilen auch mit lau und warm, hell und dunkel und so fort.

Eine Opposition der Sonnen in den Geburtshoroskopen bedeutet Krach. Spielt der Trigon mit, dann läuft die Sache so lala. Wo ein Sextil als Aspekt hinzukommt, ist eitel Friede und Sonnenschein angesagt. Man kann sich an einem Finger abzählen, daß ein Halbsextil nur die Hälfte bewirkt.

Nun gibt's natürlich eine Vielzahl anderer Aspekte, die je nach Stellung negativ oder positiv wirken, aber werden die auch noch mit berücksichtigt, können wir die ganze Partnerschafts- und Beziehungskiste bzw. ihre Berechnung auf dem Vorwege sausen lassen, weil garantiert nichts Gescheites dabei herauskommt.

Nehmen wir also mit dem vorlieb, was wir haben, und sehen wir zu, daß wir das Beste daraus machen.

Eine rundum tolle Sache kann daraus werden, wenn sich der **Widder** mit dem **Wassermann** paart. Die beiden ergänzen sich nämlich prächtig, weil Sie, Aquarius, für Ihre guten Ideen und Originalität bekannt sind, und der Widder sich durch Tatkraft auszeichnet. Vorsicht ist indes geboten, wenn dieses Verhältnis zu eng wird. Der Widder zeichnet sich durch Kontaktfreude aus – selbstredend auch anderen Tierkreiszeichen gegenüber –, und das könnte den einen oder anderen Wassermann doch sehr erheblich stören.

Steht die Venus bei der Kombination günstig – olala! Da

stehen Liebesfreuden ohne Zahl an. Wehe aber, der Mars mischt sich ein. Da bleibt nur, sich vor sexueller Triebhaftigkeit zu hüten und vor Aggressivität.

Hier sei eingefügt – und das gilt generell –, daß eine Verbindung mit großer Wahrscheinlichkeit dann harmonisch sein wird, wenn die beiden Partner sich gut verstehen. Was also bedeutet, a) ist dies so, stehen die Sonnen im richtigen Aszendenten oder b) im richtigen Zeichen oder c) in der richtigen Spitze des richtigen Hauses.

Das gilt auch dann, wenn die Sonnen völlig anders stehen, weil sich am ohnehin vorhandenen Verständnis der Partner füreinander nichts ändert.

Stier und Wassermann ist eine Kombination, die mit aller gebotenen Skepsis angegangen werden sollte. So ein Stier ist wie ein wildes Tier, wenn er gereizt wird. Und hält ihm der Wassermann gar ein rotes Tuch vor und schwenkt es heftig (für seine Originalität ist er ja bekannt), hat er sich die Folgen selbst zuzuschreiben.

Aber: Verhält sich der Stier normal, können Sie als Wassermann sich getrost mit ihm einlassen. Irgendwas wird schon draus werden.

Die Paarung des **Wassermanns** mit dem **Zwilling** ist außerordentlich pikant, was schon Casanova wußte, wenngleich er kein in diesem Sternzeichen Geborener war. Pikant besonders dann, wenn es sich um eineiige Zwillinge handelt, die einander zum Verwechseln ähnlich sehen. Das garantiert lustvolle Stunden, birgt aber – sofern der Saturn, der für Frustrationen und Unglück steht, sich bemerkbar macht – erhebliche Ansteckungsgefahren.

Fatalerweise oder glücklicherweise sollen langfristig Span-

nungen gefühlsmäßiger Art zwischen solchen Paaren kaum vorkommen. Das bedeutet zwar unterm Strich das genaue Gegenteil des zuvor Gesagten, ist aber plausibel. Fatalerweise heißt nämlich, daß die Luft aus einer solchen Beziehung bald raus sein wird. Glücklicherweise bedeutet, daß es dem Wassermann erspart bleibt, sich mit einem Zwilling zu langweilen.

Dennoch kann unter günstigen Voraussetzungen ein ganz brauchbares Gespann daraus werden.

Daß der **Wassermann** mit dem **Krebs** gut kann, der ja ein außerordentlich gemütvolles Kerlchen ist, solange er nicht kneift, versteht sich durch die elementare Ähnlichkeit. Allerdings geht es dem Aquarius auf den Keks, daß Krebse sich zu oft anheischig machen, den anderen zu besitzen. Unter diesem Gesichtspunkt sollte ein Wassermann dem Krebs seines Herzens sehr gründlich auf die Scheren schauen, bevor er den Schritt vor den Altar wagt.

Hat er keinen Anlaß, seinen Gesamteindruck in Frage zu stellen, und findet er überdies noch eine Bestätigung und Ermutigung anderer Art – sei es, daß der Krebs einen lukrativen Job oder ein anständiges Erbe in absehbarer Zeit zu erwarten hat, vielleicht auch nur ein bescheidener Grundbesitz vorhanden ist –, dann sollte der Wassermann unbedingt zugreifen. Alles andere wäre töricht.

Interessant ist das Zusammenspiel von **Wassermann und Löwe.** Diese Typen sind grundverschieden, doch macht eben dies den besonderen Reiz aus, zumal dann, wenn die beiden aus vollem Herzen aufs Ganze gehen.

Dank seinen vielfaltigen Charaktereigenschaften wird wohl kaum ein Aquarius Mühe haben, den Löwen dazu zu bringen, den Schwanz zwischen die Beine zu nehmen, sollte es mal

hart auf hart kommen. In dieser Gewißheit kann man getrost eine Verbindung empfehlen.

Ein Tip sei nachgetragen: Unbedingt dem Löwen ins Maul schauen, ob er noch echte Zähne hat oder bereits Gebißträger ist. Sollte dem so sein, kann der Wassermann sich absolut darauf verlassen, daß etwaige Bisse weniger schmerzhaft sind.

Harmonie dominiert bei der Verbindung des **Aquarius** mit der **Jungfrau**, sofern es sich noch um eine solche handelt – indes vorwiegend auf intellektueller Ebene. Aber das muß nicht von Nachteil sein, ganz im Gegenteil. So eine platonische Liebe hat etwas.

Sollten Gefühle in dieser Konstellation indes eine völlig untergeordnete Rolle spielen, was zuweilen der Fall sein kann, wäre ernsthaft zu prüfen, ob das Aktienpaket der betreffenden Jungfrau groß genug ist, um diesen Makel wettzumachen.

Wassermann und Waage – das ist die tollste Verbindung überhaupt. Beide lieben die Freiheit und stehen sich deshalb in einer Ehe kaum im Wege, wenn es um ihre Selbstverwirklichung geht.

Im Extremfall kann das soweit führen, daß die beiden zwar verheiratet sind, aber sich den Teufel darum scheren, was der andere macht bzw. ihn grenzenlos tolerieren. Ein oder mehrere Seitensprünge des Wassermanns bringen die Waage nicht aus dem Gleichgewicht. Und der Wassermann ist zumeist Manns genug zu akzeptieren, daß seine Waage auch mal anders belegt sein will.

Kurzum: Wenn eine Waage zur Diskussion steht, Aquarius, nicht lange nachdenken, sondern zupacken und viel Spaß damit!

Die Kombination **Skorpion und Wassermann** ähnelt in mancherlei Hinsicht der mit der Jungfrau. Ähnlichkeiten dominieren im intellektuellen Bereich, was im Grunde positiv ist. Rücken die beiden aber einander näher, ist Vorsicht geboten, weil der Skorpion einen Stachel hat, den er gemeinerweise gelegentlich einzusetzen pflegt.

Dem muß aber entgegengehalten werden, daß so ein Stachel im Lauf der Zeit abstumpfen kann. Das kann Vor- und Nachteile bedeuten. Einen Vorteil, als Stiche dann nicht mehr allzu schmerzhaft sind. Einen Nachteil dahingehend, als der Intellekt des Skorpions abstumpfen könnte. In diesem Fall wäre er kein passender Partner mehr. Aber wir wollen ja nicht gleich von vorneherein vom Schlimmsten ausgehen.

Fast ebenso ideal wie das Verhältnis zu einer Waage, kann das des **Wassermanns** mit einem **Schützen** sein, wenn der Merkur mitspielt, der bekanntlich Aufschluß für geistige Übereinstimmung gibt. Ist zudem der Uranus am richtigen Platz, steht einer absolut originellen Beziehung nichts im Wege.

Pluto hat in dieser Konstellation eine eher untergeordnete Bedeutung, weil es in den seltensten Fällen zu einem Neubeginn kommen wird, wie wir ihn anderswo häufig finden.

Stimmen also die wirtschaftlichen Voraussetzungen des Schützen, kommt er aus gutem Hause und sieht vorzeigbar aus, gilt auch hier die Parole: Zugreifen und nicht mehr loslassen!

Wassermann und Steinbock – diese Paarung werden nur Pessimisten für ungeeignet halten. Oder Menschen, die sich immer ob des ungleichen Äußeren anderer amüsieren. Gewiß, der Steinbock hat lange Hörner, aber auf die wird er den Wassermann oder die Wasserfrau seiner Wahl garantiert

nicht nehmen. Aquarius schätzt den Bock zwar überwiegend als Gesprächspartner, ist jedoch anderen gemeinsamen Sprüngen keineswegs abgeneigt.

Folgerichtig kann man einer derartigen Verbindung nur zustimmen und den beiden alles Gute wünschen, was sie auch brauchen, wenn der Neptun sich in einem Aszendenten breitmacht. Das bedeutet nämlich Täuschung. Und was wäre fataler, als sich täuschen zu lassen oder, schlimmer noch, vor der Wirklichkeit zu fliehen?

Wie kommt **Wassermann** mit **Wassermann** aus? Oha, da haben sich aber zwei gefunden, die sich so prächtig verstehen, daß das kaum zu toppen ist. Die verstehen sich wie ein Herz und eine Seele.

Aber das besagt in Konsequenz gar nichts. Denn eine solche Beziehung oder Partnerschaft, falls es dazu kommt, kann überaus öde werden. Kann, wohlgemerkt, muß aber nicht. Das hängt einzig davon ab, wie der Jupiter zu der Sache steht. Ist Jupp gut drauf, dann stehen gemeinsame Freuden ins Haus, und womöglich haben die beiden Wassermänner auch was zu lachen, sofern die Witze lustig sind.

Einer solchen Verbindung also werden die Sterne im allgemeinen ihren Segen nicht verweigern, wobei die beiden Partner daran denken sollten, die ihnen eigene Spannung zu aktivieren. Springt erstmal der richtige Funke über, ist die Sache gelaufen.

Bleibt die Frage: Wie passen **Wassermann und Fisch** zusammen? Die beiden haben leider kaum etwas gemeinsam, was daran deutlich wird, daß der Aquarius ganz gerne Fisch ißt, der Fisch aber kaum in den Genuß eines Wassermanns kommt, es sei denn, es handelt sich um einen Haifisch.

Dennoch muß die Hoffnung auf ein möglicherweise funktionierendes Zusammenleben nicht gleich aufgegeben werden. Steht die Venus richtig und hält Mars sich zurück, dann Wassermann, nimm deinen Fisch und laß ihn dir schmecken.

FINGER WEG ...!

Wer nicht zum Wassermann paßt und warum

Bislang sah ja partnerschaftlich beim Wassermann alles schön und gut aus. Man könnte den Eindruck gewinnen, als gäbe es für in diesem Sternzeichen Geborene überhaupt keine unpassenden Partner, wenn mit den Aszendenten und Dezendenten alles seine Richtigkeit hat und die Häuser im Lot sind.

Doch wie im Leben so auch im Horoskop sieht unter entsprechenden negativen Vorzeichen alles völlig anders aus. Dies sollten Sie im Hinblick auf die folgenden Paarungen und Kombinationsmöglichkeiten bedenken und eine Entscheidung sorgfältig abwägen, bevor Sie eine treffen – falls Ihnen die Lust nicht schon vorher vergangen ist. Und das liegt durchaus im Bereich des Möglichen.

Eine Paarung, die man einfach als klassischen Fall für einen Flop bezeichnen muß, ist die von **Wassermann und Maus.**

Jeder Aquarius wird garantiert ein Leben lang leiden, sofern er sich zu einer solch unsinnigen Verbindung rumkriegen läßt. Stellen Sie sich vor, was es bedeutet, eine farblose, allenfalls graue Maus an der Seite zu haben, die ständig herumpiepst, sich auf jeden Käse stürzt, in ständiger Angst vor der Katze lebt und ansonsten absolut niveaulos ist.

Die sportliche Betätigung einer Maus – und dabei auch nur der weißen, die es ja zuhauf gibt – erschöpft sich in einem dämlich anmutenden Fitneßtraining, ausgeführt in einem kindischen Tretrad oder im Wetzen durch Labyrinthe.

Mäuse neigen dazu, auch dessen sollte sich der vor eine

Entscheidung gestellte Wassermann bewußt sein, in jede Falle zu tappen, und sei sie auch noch so schlicht gestellt.

Weiter muß der Wassermann sich fragen: Was bringt mir eine Maus eigentlich ins Haus? Die Antwort liegt auf der Hand: massenweise kleine Mäuse, weil die Spezies bekanntlich erschreckend fruchtbar ist und sich schneller vermehrt, als einem lieb sein kann. Da hilft es auch wenig, wenn der Wassermann versucht, sich aus diesem Paarungsgeschehen herauszuhalten. Mäuse werfen bis zu einem Dutzend Mal im Jahr.

In Konsequenz bedeutet dies – auch das muß der Wassermann begreifen: Eine Maus kostet eine Menge Mäuse. Denn überlegen Sie doch bitte, mit welchem finanziellen Aufwand der Lebensunterhalt einer ganzen Mäusesippe verbunden ist.

Völlig irrelevant sind deshalb die Einflüsse der Planeten, gleich, was Ihnen ein Astrologe auch weismachen will. Darum gilt für diese Möglichkeit definitiv: Finger weg!

Ebenso gefährlich, ja noch schwergewichtiger ist die Kombination **Wassermann und Elefant** zu werten. Sie werden sich in ihr Unglück stürzen, das ist so sicher, wie das berühmte Amen in der Kirche.

So ein Elefant – gleich ob männlich oder weiblich – ist nun einmal meist träge. Was will ein unternehmungslustiger Wassermann mit einem solchen Partner anfangen?

Dazu kommt die Optik. Können Sie, rank und schlank wie Sie vielleicht sind, sich vorstellen, ein Leben lang von einem grauen schlampigen Trampel begleitet zu werden, der zu jeder passenden und unpassenden Gelegenheit auch noch den Rüssel schwenkt?

Oder vergegenwärtigen Sie sich nur, mit welchen Gefühlen Sie Ihre gemeinsamen Einkäufe tätigen werden? Der

Spruch vom »Elefanten im Porzellanladen« sagt wohl mehr als genug.

Gewiß, man kann dem Elefanten zugute halten, daß er im Gegensatz zur Maus nicht unbedingt ein Ausbund an Fruchtbarkeit ist. Nichtsdestoweniger kostet Sie eine solche Bindung ein Vermögen, weil der Partner Ihnen buchstäblich die Haare vom Kopf fressen wird. Der unersättliche Appetit des Elefanten ist geradezu legendär.

Nicht zu vergessen hat der kolossale Appetit noch viel weitreichendere Folgen. Wir denken da speziell an das, was am Ende wieder rauskommt! Überlegen Sie einmal, welchen Aufwand an Abfallbeseitigung Sie betreiben müssen. Und mit allergrößter Wahrscheinlichkeit können Sie völlig neue Sanitäranlagen in Ihren vier Wänden schaffen, wenn Sie sich auf ein so abwegiges Abenteuer einlassen.

Es wird natürlich Astrologen geben, die Ihnen um des schnöden Mammons willen zu einer solchen Verbindung raten. Aber das sind jene Typen, die Ihnen auch ein Mammut andienen würden, oder, gäbe es sie noch, einen Dinosaurier.

Unter Berücksichtigung all dieser Negativfaktoren und der in jeder Hinsicht verheerenden Aussicht kann Ihre Entscheidung nur lauten: Ein Elefant kommt mir nicht ins Haus! Bravo, Wassermann!

Die Originalität Ihres Sternzeichens haben wir bereits mehrfach erwähnt, und nur so ist zu verstehen, daß es **Wassermänner** gibt, die ernsthaft eine Partnerschaft mit einem **Stinktier** in Betracht ziehen.

Ohne jemandem persönlich nahetreten zu wollen: Sind Sie denn noch ganz bei Trost? Ihr Sinn für Humor in allen Ehren, aber alles hat doch irgendwo seine Grenzen.

In einer Partnerschaft mit einem Stinktier hilft Ihnen auch die dem Wassermann eigene Flexibilität nicht weiter, die Wendigkeit. Sie können sich drehen und wenden, wie Sie wollen – dem unsäglichen Gestank entkommen Sie nicht. Mehr noch: Ist Ihnen der bloß Gedanke nicht peinlich, daß Ihre Verwandten, Freunde, Kollegen und Bekannten Sie meiden und hinter Ihrem Rücken flüstern: »Der riecht ja wie ein Stinktier!« oder »Der stinkt ja wie ein Iltis!«

Das sind Folgen, Wassermann, unter denen Sie entsetzlich leiden werden, auch wenn Sie im Augenblick noch Begeisterung über den neu gefundenen Partner erfüllt.

Jetzt ist noch Zeit, zu überlegen, den richtigen Schritt zu tun und eine Verbindung zu lösen, die eine ewig andauernde Beleidigung für Ihre Geruchs- und Geschmackssinne wäre.

Deshalb, Wassermann, zögern Sie nicht und beherzigen Sie die alte Volksweisheit: »Lieber ein Ende mit Stinken, als Stinken ohne Ende.« Sie werden diese Entscheidung, so schmerzlich sie auch sein mag, gewiß nicht bereuen.

In den Vögeln, wir haben es vernommen, findet der **Wassermann** seine Entsprechung. Schön und gut. Das sollte ihn aber nicht dazu hinreißen lassen, die Verbindung mit einem **Aasgeier** einzugehen.

Es hat solche Paarungen bedauerlicherweise zur Genüge gegeben, Paarungen, man muß es knallhart sagen, die sich im nachhinein schlicht als sexuelle Verirrungen erwiesen haben. Denn nichts anderes als rohe, unkultivierte Sexualität verkörpert der Aasgeier.

Und in einem lichten Augenblick werden Sie, Aquarius, wohl selbst erkennen, um was für einen häßlichen Vogel es sich dabei handelt.

Weibliche Wassermänner mögen den geschwungenen Schnabel eines Aasgeiers in ihrer Verblindung mit einer Aristrokratennase gleichsetzen. Sie werden dessen kahle, hohe gerunzelte Stirn als Ausdruck von Geist interpretieren und sein Federkleid möglicherweise für besonders schick und mondän halten.

Aber seien Sie doch ehrlich zu sich selbst. Ihr potentieller Partner wartet nur darauf, sich auf Sie zu stürzen, wenn Sie beispielsweise in der Wüste in sengender Hitze zusammengebrochen sind (weil Sie unseren Rat nicht befolgt haben und sich doch dorthin wagten).

Und damit nicht genug: Der Aasgeier ist bekanntlich gefräßig und kann den Hals nicht voll bekommen. Auf Ihr gemeinsames Leben bezogen bedeutet dies, daß er Sie über kurz oder lang in den Ruin treiben wird. Schlimmstenfalls – und wir hoffen, daß Sie diese Erfahrung nie machen müssen – wird aus dem zuvor so liebevollen Aasgeier ein hundsgemeiner Pleitegeier, der sie zerfleddert, daß Ihnen Hören und Sehen vergeht.

Was wollen Sie dann tun, Wassermann, Ihrer Existenz, Ihres Vermögens beraubt? Erwarten Sie kein Mitgefühl von dem Aasgeier Ihrer Wahl, sollte sie denn auf einen solchen gefallen sein. Ihnen bleibt nichts als Hohn und Spott und ein Geschrei, das Ihnen durch Mark und Bein geht – bevor Ihr Partner Sie verschluckt.

Auch hier gilt schon die an anderer Stelle vorgetragene Warnung: Lassen Sie sich keinesfalls von einem Astrologen zu einer solchen Verbindung überreden. Merken Sie sich, was andere leidvoll am eigenen Leibe erfahren haben, um sich das selbst zu ersparen, nämlich: »Die Geier warten schon!«

Also: Finger weg!

Der Wunsch nach einer partnerschaftlichen Verbindung zwischen **Wassermann und Schlange** ehrt Sie zwar, aber wenn es Ihnen damit ernst ist, müssen Sie von Gott, allen guten Geistern und dem gesunden Menschenverstand, auf den Sie doch so stolz sind, verlassen sein.

Sie wissen, daß es die niederträchtige Schlange war, die Eva verleitete, den Apfel vom Baum der Erkenntnis zu pflücken, was dann die Vertreibung aus dem Paradies zur Folge hatte.

Nicht anders wird es Ihnen gehen, mögen Sie sich im Augenblick auch verliebten Illusionen hingeben! Wer sich Vipern, Schlangen also, selbst an den Busen oder die Männerbrust legt, hat es nicht besser verdient.

Überlegen Sie einmal, was es eigentlich bedeutet, tagaus tagein mit einer Schlange zusammen zu sein. Nun?

Das setzt einen Zustand fortwährender Wachsamkeit voraus, um nicht versehentlich (oder vorsätzlich) gebissen zu werden. Das heißt, Sie laufen ständig Gefahr, mit Gift bespritzt zu werden, und sei dies auch nur im übertragenen Sinne. Etwa dahingehend, als Schlangen zu verbalen Bosheiten neigen.

Ein anderer wichtiger Punkt: Fühlen Sie sich ernsthaft stark genug, gegen den steten hypnotischen Blick gefeit zu sein, der Schlangen zu eigen ist? Sie wissen nicht, was gemeint ist? Dann schauen Sie sich spaßeshalber die Szene im »Dschungelbuch« an, wo der unschuldige kleine Mowgli fast von der niederträchtigen Schlange Kaa zerquetscht wird.

So naiv können Sie doch wirklich nicht sein!

Gewiß, wir verstehen Ihre Grundeinstellung und halten es Ihnen zugute, daß Gleichberechtigung für Sie keine leere Floskel ist, daß Sie nach einer Kameradschaft verlangen, die nach allen Seiten offen ist.

Aber, bitte, Wassermann – alles hat seine Grenzen, und die werden Ihnen, der Sie doch Freiraum so schätzen, auf eine so rücksichtslose Art und Weise gesetzt, wie sie kaum steigerbar ist.

Ein Astrologe, der Ihnen trotzdem zu einer Verbindung mit einer Schlange rät, kann nur selbst eine sein! Bedenken Sie dies, und Sie werden mit einem blauen Auge davonkommen.

Auf den ersten Blick mag die Kombination von **Wassermann und Goldhamster** sehr vielversprechend sein, das wollen wir nicht leugnen.

So ein Goldhamster mit seinen Knopfaugen ist putzig anzusehen, kuschelt gerne, fühlt sich gut an und hat ein wunderbar weiches Fell. Das spricht für ihn und auch für Sie, weil Sie's mögen.

Durchaus positiv ist auch die Sparsamkeit eines solchen Partners zu werten, die sich ja im Zusammentragen, Horten und Zusammenhalten von allerlei Dingen fortwährend beweist.

Und was sonst? Sehen Sie, Wassermann, darin liegt das Problem. In Ihrer Verranntheit merken Sie nicht einmal, daß Sie sich mit einem so winzigen Partner schlicht lächerlich, zum Gespött der Leute machen.

Selbst wenn Sie darauf erwidern, das kümmere Sie nicht – es kümmert Sie schon. Das allein ist es aber nicht, was uns zu einem dringenden Abraten von einer solchen Beziehung veranlaßt.

Wir haben auf die Sparsamkeit des Goldhamsters hingewiesen. Demgegenüber ist aber seine enorme Fruchtbarkeit und Zeugungsfähigkeit zu setzen, in denen er der Maus in nichts nachsteht. Das hat zwangsläufig zur Folge, daß alles

Ersparte über kurz oder lang verbraucht sein wird, weil der Goldhamster in seiner Maßlosigkeit – und darin ähnelt er dem Elefanten trotz des Größenunterschiedes ungemein – frißt, was er nur fressen kann.

Gegen eine Verbindung Wassermann mit Goldhamster spricht ferner, daß derartige Partner sehr flüchtig sind. Anders gesagt, sie machen sich im ungeeignetesten Augenblick einfach dünne, so dick sie vorher auch gewesen sein mögen. Dem solchermaßen sitzengelassenen Wassermann, Ihnen also, bleiben nur der Blick in die Röhre und die Last, alleine für die Nachkommen aufzukommen.

Deshalb ist eine solche Verbindung, Aquarius, nach einer kurzen, zugegebenermaßen vielleicht gar glücklichen Zeit zum Scheitern verurteilt. Lassen Sie es nicht so weit kommen, sonden wenden Sie sich vertrauensvoll jenen Partnern zu, die wir Ihnen zuvor empfohlen haben.

Sollten Sie wider Erwarten aber nichts Passendes finden was macht das schon? Einen Seemann kann bekanntlich nichts erschüttern, und ein solcher sind Sie ja im weitesten Sinne.

Ihr Typ im internationalen Horoskop- und Entsprechungsvergleich

Zum Gebrauch der Tabelle

Erdumspannend war die Wissenschaft der Astrologie immer schon, somit Grenzen, Länder, Kulturen, Kontinente, Meer und den Verstand überschreitend – von allem anderen ganz zu schweigen. Neueste wissenschaftliche Untersuchungen haben gezeigt, daß es bei aller Unterschiedlichkeit der Bezeichnungen und Zuordnungen verblüffende Übereinstimmungen zwischen den vielfältigen Sternkreisen und ihren Zeichen gibt, die überall auf dem Globus festgelegt wurden. Jene Frauen und Männer, die in hofffnungsvoller Erwartung den Blick zum Firmament und anderswohin richteten, allein darauf bedacht, das wundersame kosmisch-komische Wechselspiel zu begreifen und in mühsamer Kleinstarbeit in Form zu bringen, um daraus Vergangenheit wie Zukunft schauen zu können, waren einander, wiewohl durch unermeßliche Entfernungen getrennt, im Geiste unglaublich ähnlich. Dem astrologisch Bewanderten bleibt da nur Staunen.

Mögen die Methoden der Betrachtung, der jeweilige Stand von Erkenntnis und Forschung auch grundverschieden gewesen sein, an der Zuverlässigkeit der erzielten Ergebnisse ändert dies nichts.

Aus der Fülle sowohl der möglichen als auch der tatsächlich vorhandenen Sternzeichenkreise wurden zwölf in dieser wohl einzigartigen Tabelle erstmals akribisch genau in Relation zueinander gesetzt, wobei besonderer Wert auf Verständlichkeit, Übersichtlichkeit und einfachste Handhabung gelegt wurde.

Gleichermaßen sonderbar und erfreulich daran ist, wie man bereits bei flüchtiger Betrachtung unschwer feststellen kann, daß zugleich Entsprechungen und Zusammenhänge ablesbar sind, die zum Teil erschütternde Einblicke offenbaren.

Die individuelle Auswertung sei hier an dem Beispiel »Skorpion« verdeutlicht. Dazu begibt man sich in der Spalte »Normal« in der senkrechten (!) Reihe nach unten, bis man auf den »Skorpion« stößt. Von dort aus bewegt man sich nunmehr Spalte um Spalte waagerecht (!) nach rechts. Dort stößt man nacheinander auf Sternkreis- oder Tierkreiszeichen bzw. Entsprechungen eigener und anderer Kulturkreise, die in der obersten (!) waagerechten Reihe aufgeführt sind. Man hat also jederzeit die Möglichkeit zu überprüfen, ob man auch richtig liegt.

Im Beispiel »Skorpion« heißt dies nun in der vergleichenden Auslegung wie auch in der Deutung: Wer im Skorpion geboren ist, mag keine Schlangen, ißt aber gerne Ziegenfleisch, hält sich zumeist unter Nußbaum und Kastanie auf, feiert fröhlich Karneval und vermag eine Müllkippe zu bezwingen. In seinem Garten steht ein Gartenzwerg mit Karre, der Ernte 22 raucht. Aus Kostengründen wird er in einem Sperrholzsarg beigesetzt werden, nachdem er einen BMW zu Schrott gefahren hat. Aus Schwingungsgründen ist sein Lieblingston das »G«. Mit dem Chichenoxo vermag er nichts anzufangen.

Sie sehen also, es ist wirklich einfach. Damit jedoch nicht genug! Der besondere Vorteil dieser Tabelle liegt darin, daß Sie an jeder beliebigen, Ihnen bekannten Stelle einsteigen können, egal, was und wieviel Sie bereits über sich wissen oder nicht, und dennoch immer zu einem Ergebnis kommen.

Auch dazu ein Beispiel. Angenommen, Sie haben einen Gartenzwerg ohne Hose. Nun begeben wir uns ganz vorsichtig in der Spalte »Gartenzwerge« senkrecht (!) nach unten zu »ohne Hose«. Bewegen wir den Finger waagerecht (!) nach links, stoßen wir auf das Wort »Jungfrau«. Das bedeutet: Der Betreffende wird die Jungfrau besteigen und dabei »Ha!« rufen, wie ein Blick auf das entsprechende Wort in der Spalte »Noten« zeigt. Bewegen wir den Finger aber waagerecht nach rechts (!), sehen wir dort »Habe«. Das heißt: Ein Gartenzwerg ohne Hose raucht Habe und wird auf den Hund kommen. Dies erkennt man sofort, wenn man in die Spalte »Chinesisch« geht. Alle anderen Begriffe und Deutungen ergeben sich logischerweise ebenso.

Abschließend sei angemerkt, daß es natürlich eine Unzahl weiterer Horoskope gibt, die aus Platzgründen aber keine Berücksichtigung finden können. Dem interessierten Leser dürfte es jedoch kaum Schwierigkeiten bereiten, die vorliegende Tabelle durch Hinzufügen anderer Horoskope entsprechend zu ergänzen. Eigens dazu ist eine Blankotabelle beigefügt, die zum eigenen Gebrauch (aber nur zu diesem!) fotokopiert werden darf.

Es ist eine Frage des persönlichen Geschmacks und der normalsternkreiszeichenbedingten Neigungen, welch andere Horoskope man zu Rate ziehen will. Besonders für Anfänger sinnvolle und wichtige Ergänzungen sind das französische

Kondomhoroskop, das britische Whiskyhoroskop, das finnische Rentierhoroskop und das amerikanische Rock'n'Roll-Horoskop. Als nützlich haben sich auch das russische Tschernobylhoroskop und das neuseeländische Kiwihoroskop sowie das australische Känguruhoroskop und das nepalesische Yetihoroskop erwiesen. Die genannten sind natürlich nur als Anregungen zu verstehen und nicht als bindend zu betrachten.

Anmerkung zu nebenstehender Tabelle:
[1] In und über China gehen die Horoskope anders, was auch erklärt, warum die Tiere im betreffenden Kreise befremdliche Namen haben. Wenn Sie der Auffassung sind, das Ihrem Sternzeichen zugeordnete China-Tier passe nicht, tauschen Sie's einfach.

Normal	Indianer	Chinesisch[1]	Keltisch	Kristalle	Berge	Gartenzwerge	Zigaretten	Särge	Autos	Noten	Maya
Widder	Roter Falke	Ratte	Eiche/Haselnuß/Ahorn/Eberesche	Jaspis	Großglockner	Mit Harke	Lucy Streikt	Aluminium	Goggomobil	C	Qotzkotl
Stier	Biber	Büffel	Nußbaum/Pappel/Kastanie	Rosenquarz	Zuckerhut	Mit Spaten	P. Steifsand	Zirbelkiefer	VW Käfer	cis	Uoxoc
Zwillinge	Hirsch	Tiger	Esche/Hainbuche/Feigenbaum	Tigerauo	Wanderdüne	Mit Brille	Rdrei	Eiche, altdeutsch geklökt	Opel Ascona	d	Quantonomera
Krebs	Specht	Hase	Birke/Ulme/Tanne/Apfelbaum	Milchquarz	Watzmann	Mit Gießkanne	Marlboro	Birke geflammt	Pajero	do	Tikal
Löwe	Lachs	Drache	Zypresse/Pappel/Zeder	Goldquarz	Popocatepetl	Ohne Zipfel	Lord	Kirsche poliert	Corola	dolomo	Fikal
Jungfrau	Braunbär	Schlange	Kiefer/Linde/Trauerweide	Gelber Achat	Vesuv	Ohne Mütze	Dromedar	Mahagoni	Trabbi	fis	Puelanque
Waage	Rabe	Pferd	Ölbaum/Ahorn/Haselnuß/Eberesche	Rauchtopas	Zugspitze	Mit Schub	Rothändle	Teak	Mercedes	zoff	Yoxchila
Skorpion	Schlange	Ziege	Nußbaum/Kastanie	Karnevol	Müllkippe	Mit Karre	Ernte 22	Sperrholz	BMW	g	Chichenoxo
Schütze	Eule	Affe	Esche/Hainbuche/Feigenbaum	Chalcedon	Krakatau	Kahl	Kim	Preßpappe	Passat	gurgl	Itzchichonob
Steinbock	Schneegans	Hahn	Buche/Tanne/Apfelbaum	Onyx	Mount Everest	Mit Pfeife	Benshedges	Badewanne	Honda	ah!	Kukulkanski
Wassermann	Otter	Hund	Ulme/Zeder/Zypresse/Pappel	Falkenauge	Jungfrau	Ohne Hose	Habe	Kiefer	Escort	ha!	Nostorowje
Fische	Wolf	Schwein	Kiefer/Linde	Amethyst	Ätna	Ohne Jacke	Reval	Tefal	Golf	ho	Bonampak

Normal	Widder	Stier	Zwillinge	Krebs	Löwe	Jungfrau	Waage	Skorpion	Schütze	Steinbock	Wassermann	Fische

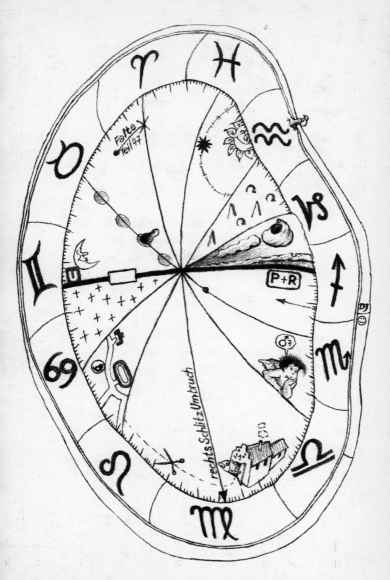

HOROSKOP-VERSTELLUNG

Eine ganz einfache, absolut unkomplizierte und wahnsinnig leicht verständliche Anweisung für den Anfänger

So, Sie möchten also die Kunst der Horoskopverstellung erlernen? Haben Sie sich diesen Entschluß auch wirklich reiflich überlegt? Eine wohlgemeinte Warnung gleich vorweg: Sie werden alle Höhen und Tiefen – will sagen Aszendenten und Deszendenten – des Kosmos kennenlernen und müssen sich mit Dingen auseinandersetzen, die Sie sich nicht einmal in Ihren kühnsten Träumen vorstellen können.

Vertrackte auf- und absteigende Mondknoten, raffiniert verschlungen und mit allerlei Haken und Ösen versehen, warten darauf, gelöst zu werden, Aspekte vielfacher Art drohen Ihnen, und mancherlei Gefahr bergen die Dominante.

Mehr noch: Sind Sie gewillt, sich der Ekliptik zu stellen, sich mit den wahnsinnig komplizierten Ephemeriden herumzuschlagen oder gar ins Exil zu gehen?

Es ehrt Sie, daß Sie zu all dem bisher »Ja« gesagt haben. Dennoch eine letzte Warnung, von Ihrem Ansinnen abzulassen, und der Rat, lieber dem Tageshoroskop Ihrer Zeitung blind zu vertrauen, so wie Sie es bisher schon immer gemacht

haben, statt zu versuchen, die Anfangsgründe dieser uralten Wissenschaft erlernen zu wollen. Denn: Haben Sie überhaupt eine Ahnung, was sich hinter dem Begriff »geographische Breite« verbirgt? Oder was ein Haus ist? Können Sie sich mit Ihrem Horizont etwas unter Horizont vorstellen oder unter »Immum coeli« und »Medium coeli«, ganz zu schweigen von Kulmination und Nadir?

Natürlich nicht. Wie auch. Sie wollen aber trotzdem?

Schön, dann also herzlichen Glückwunsch zu Ihrem Entschluß, sich mit den Grundlagen der Astrologie vertraut machen zu wollen. Sie werden sehen, daß dies trotz allem gerade Gesagten keineswegs so kompliziert ist. Ganz im Gegenteil. Es ist geradezu erschreckend simpel. Vorausgesetzt natürlich, Sie befolgen haargenau, was Ihnen nachstehend vermittelt wird.

Wie bei jeder ernstzunehmenden wissenschaftlichen Arbeit, in der es um exakte Ergebnisse und eine annähernd hundertprozentige Fehlerquote geht, benötigen wir auch und gerade in der Astrologie dies und das sowie manches und jenes. Im Klartext heißt das: Sie brauchen Papier, Bleistift, Zirkel, Lineal und Radiergummi. Außerdem Tabellen. Nicht irgendwelche natürlich, sondern diejenigen, die Sie liebevoll aufbereitet im Anhang dieses Anhangs finden, Tabellen voller Spalten für Eintragungen und Austragungen von Werten und Unwerten, für Aufrechnungen und Umrechnungen und was man sonst zum Verrechnen braucht.

Damit aber nicht genug: Wir haben Übersichten, Explosionszeichnungen und Detailvergrößerungen mit Symbolen von Tierkreiszeichen, Planeten, Qualitäten und Quantitäten beigefügt. Wie Sie damit umzugehen haben, um sie sinnvoll nutzen

zu können, wird im Anhang des Anhangs zum Anhang ausführlich erläutert. Und falls wider Erwarten noch Fragen offen sein sollten – schlagen Sie doch einfach ungeniert in beigefügtem Lexikon nach.

Sind Sie bereit? Dann, frisch ans Werk!

Daß Sie Ihren Geburtsort kennen, setzen wir hier als gegeben voraus. Gleiches gilt für das Geburtsjahr, den Geburtstag und die Geburtsstunde bis hin zu Minute und Sekunde Ihres Eintritts in diese Welt.

Letzteres kennen Sie nicht? Auch recht. Nehmen wir einfach an, Sie seien um zwölf Uhr mittags geboren. Das ist für alle Beteiligten eine recht praktische Zeit, insbesonders für das neugeborene Kind, weil das ja – theoretisch zumindest – ganz pünktlich zum Essen kommt. Außerdem kann man die Planetenstände so ganz brauchbar ermitteln.

Sicher, in der Praxis stehen die Planeten nicht, sondern bewegen sich unaufhörlich fort. Aber diese Tatsache müssen wir an dieser Stelle ignorieren, weil wir sonst nicht weiterkommen und uns in kleinkarierte philosophische Banalitäten verlieren.

Die Himmelsmitte läßt sich fatalerweise dann ebensowenig berechnen wie die anderen relevanten Daten. Doch da sich der Tierkreis gradweise im Vierminutentakt verschiebt (was übrigens nicht nach Telefoneinheiten abgerechnet wird), würde jede andere Rechnung ebensowenig Sinn ergeben.

Lassen wir's also dabei bewenden und verlassen uns auf die Mittagszeit, auf »High Noon«, den Augenblick, in dem die Gestirne horoskoptechnisch gesehen für uns auf Null stehen und der ganze Hokuspokus beginnt.

Nicht verschwiegen werden soll, daß dieses vereinfachte Verfahren eine gewisse, ganz erhebliche Einschränkung der

Aussagekraft des Horoskops wegen der unglückseligen Direktionen der Transite bedeutet, was uns aber nicht weiter stören soll, weil wir doch eine Menge anderer Unwichtigkeiten erfahren.

Wie man die astrologisch relevanten Zeiten exakt verrechnet

Wenden wir uns zunächst den verschiedenen astrologischen Zeiten zu. Da unterscheiden wir die Normalzeit, die Weltzeit, die Ortszeit und die Sternzeit.

Normalzeit bedeutet z. B., es ist sechs Uhr, wenn unser Wecker richtig geht. Weltzeit hingegen heißt, daß es anderswo acht Uhr ist. Oder auch neun Uhr oder zehn sein kann. Das ist dann anderenorts Normalzeit. Von dort aus betrachtet, gehört unsere Zeit zur Weltzeit. Da die Welt bekanntlich groß und weit ist, gibt's da einige Möglichkeiten.

Die Ortszeit indes – und das sollten Sie sich einprägen – entspricht zwar der gerade gültigen Normalzeit generell in Relation zur vorerwähnten Weltzeit, weicht aber von dieser um Sekundenbruchteile ab.

Lassen wir das unberücksichtigt, ist unsere ganze Berechnung für die Katz. Was also tun?

Eine ganz einfache Formel hilft uns, Fehler zu vermeiden, nämlich: Wir ziehen entschlossen von der gerade gültigen Normalzeit unter Berücksichtigung der jeweils gültigen Ortszeit eine Stunde ab. Dann erhalten wir die Weltzeit als Ergebnis, die wir zur Horoskopverrechnung brauchen.

Unsere Formel lautet mithin: <u>Normalzeit ./. Anteil der Stunden der Ortszeit = Weltzeit</u>

Halt, werden Sie sagen. Und was ist mit der zuvor erwähnten Sternzeit?

Eine berechtigte Frage, die wir wie folgt beantworten möchten: Von der Weltzeit, die wir ja soeben ermittelt haben, wird eine Stunde abgezogen oder hinzugezählt, je nachdem, an welchem Ort wir uns zur Normalzeit unserer Geburt, die ja gemittelt wurde, befunden haben. Das Ergebnis ist die Sternzeit, was uns ein Blick in die Tabelle im Anhang des Anhangs bestätigt.

Die Formel lautet folglich nunmehr: <u>Normalzeit ./. Anteil der Stunden der Ortszeit = Weltzeit ./.+ eine Stunde = Sternzeit</u>

Ein Beispiel führe uns diese ohnehin einfache Rechenmethode noch weiter vereinfacht vor Augen.

Nehmen wir einmal an, Sie sind in Deutschland vor dem 17. 5. 1632 geboren, was zwar recht unwahrscheinlich, aber nicht auszuschließen ist, weil es bekanntlich immer wieder Wunder gibt. In diesem Fall können Sie direkt mit der exakten Geburtszeit arbeiten, die Ihnen unbekannt ist, ohne sich diesem mühsamen Rechengeschäft auszusetzen, das einen ohnehin nur ins Schleudern bringt.

Zurück zu dem angedrohten Beispiel. Darin ist es jetzt 12 Uhr mittags, also Normalzeit oder kurz NZ. Addieren wir dazu eine Stunde oder subtrahieren eine, haben wir entweder 11 Uhr oder 13 Uhr. Jetzt brauchen wir nur noch in der bereits mehrfach erwähnten Tabelle nachzuschlagen, welche Stunde es am Tage xy weltzeitmäßig geschlagen hat. Und siehe da: Es hat eine Stunde geschlagen.

Bleibt die exakte Ermittlung der Ortszeit, ohne die gar nichts geht. Um sie zu ermitteln, benötigen wir die geographische Länge des Geburtsortes, zu der wir pro Grad vier Minuten zur

Weltzeit (kurz: WZ) hinzuzählen. Ein kleines Dorf ist zwangsläufig geographisch nicht besonders lang, im Gegensatz zu einer Kleinstadt oder gar einer Großstadt. Aber das soll uns nicht weiter stören, weil es ja hier ums Prinzip geht und sonst gar nichts.

Die ganz einfache Formel sieht am Ende so aus: <u>GG (= geographische Länge Geburtsort! + 4 min pG (pro Grad! + Normalzeit ·/. Anteil der Stunden der Ortszeit = Weltzeit</u>

Wieder zurück zu unserem Beispiel. Wir haben als Weltzeit 12 Uhr ermittelt. Der nächste Blick in die Tabelle verrät uns nun, ob in dem beispielhaften Jahr einfache, doppelte oder gar dreifache Sommerzeit zu berücksichtigen ist. Was bedeutet, daß wir ein, zwei oder drei Stunden abziehen müssen. Bei dreifacher Sommerzeit ist es in unserem Fall neun Uhr. Sie sehen – die Zeitermittlung ist wirklich ganz einfach, wenn man die Zusammenhänge erst einmal durch schlichtes Nachrechnen verinnerlicht hat.

Die Ermittlung von Breite und Spitze

Bedauerlicherweise reicht das aber noch nicht zur Horoskopverstellung. Die Häuserspitzen müssen ermittelt werden. Und wie selbst der architektonisch völlig unkenntnisreiche Laie weiß, gibt es da eine Menge unterschiedlicher Spitzen, die zudem auch noch von landschaftlichen Besonderheiten abhängig sind.

Aber keine Angst: Die Häuserspitzen sind durch die Bank in einer weiteren anhängenden Tabelle aufgeführt. Wir gehen also stracks und schnur in die passende Spalte und suchen uns eine Spitze heraus.

Natürlich nicht irgendeine. Um die richtige Spitze zu finden, müssen wir uns erst einmal schlau machen, welches die nördliche Breite unseres Geburtsortes ist. Auskunft darüber finden wir in einem großmaßstäbigen Atlas oder bekommen sie, indem wir einfach im Vermessungsamt unseres Geburtsortes anrufen. Ein freundlicher Beamter wird uns sicherlich weiterhelfen.

Mit diesen neuen, so unendlich wichtigen Angaben, die Sie hoffentlich fein säuberlich notiert haben, ausgestattet, können wir uns nunmehr endlich an die weitere Berechnung machen.

Dazu schlagen wir auf den entsprechenden Seiten für die Breite nach, denen die einzelnen Häuser nebst ihren Spitzen zugeordnet sind.

Mit etwas Glück finden wir nun Angaben wie 10. Haus = 9° Wassermann, 11. Haus = 5° Fische, 12. Haus = 21° Widder. Mit noch mehr Glück entdecken wir völlig andere Angaben.

Das wundersame dabei ist, daß wir auf diese Weise Kenntnis der Positionen von Aszendent und Himmelsmitte erlangen, die wir ja immer schon haben wollten, um sie etwa auf einer Party im Small talk einbringen zu können.

Was bedeutet das nun im Ergebnis? Eben, daß wir die Spitzen dieser Häuser kennen und die der restlichen auch. Bleibt uns nur noch, die Häuserspitzen zu verrücken und den Werten 180° hinzuzufügen oder davon abzuziehen und all dies letztlich grafisch darzustellen bzw. in unser Schema einzutragen.

Dies geschieht, indem wir die gegenüberliegenden Spitzen miteinander verbinden, die einen etwas feiner, die anderen etwas stärker, je nachdem, was für ein Horoskop wir eigentlich haben wollen.

Damit haben wir eine recht solide Grundlage geschaffen, mit der sich eine Menge anfangen läßt, sofern man weiß, worum es überhaupt geht. Diese Grundlage könnte noch solider werden, wenn wir jetzt unter Zuhilfenahme von Ephemeriden und Mondstandstabellen, die es in jeder gut sortierten astrologischen Fachbuchhandlung zu kaufen gibt, die Gestirnstände ermitteln sowie den Sonnenstand. Doch da es sich gestirnsstandseitig, den Mond eingeschlossen, um recht geringfügige Veränderungen handelt, lassen wir diese unberücksichtigt. Am Ergebnis ändert sich ohnehin nichts, da wir unsere exakte Geburtszeit (kurz GZ) nicht kennen.

Zugegeben, diese Weglassung macht das Gesamthoroskop noch etwas unzuverlässiger, was aber nicht schadet, weil auf diesem Wege der eine oder andere negative Aspekt entfällt. Damit verbessern wir unterm Strich sogar unser Leben.

Was bedeutet dies alles?

Vorerst einmal überhaupt nichts, wie man unschwer erkennen kann. Ist aber alles Vorerwähnte bis ins kleinste befolgt worden, können wir uns nun an die Horoskopdeutung wagen.

So einfach die vorangegangenen Berechnungen auch waren – zweifellos ist dies die schwerste Aufgabe, denn mit packenden Formeln und beweisbaren, hieb- und stichfesten Regeln kommen wir hier nicht weiter. Schließlich wollen Sie selbst sich erfassen – »in Ihrer ganzen lebendigen Vielfalt und Vielschichtigkeit«, wie es in einem sehr umfangreichen astrologischen Leerwerk heißt.

Lassen Sie also Ihrer Phantasie freien Lauf und deuten Sie munter drauflos. Was keine Aufforderung sein soll, sich in

Wunschdenken zu verlieren, spontan die Hand vorm Schaufenster zu heben, auf ein Brillantenkollier zu deuten und zu sagen: »Will ich haben!«

Nein, deuten Sie ganz realistisch. Eine grüne Ampel an einer Straßenkreuzung ist zu deuten als »Freie Fahrt!«. Ist sie hingegen rot, läßt dies die Deutung zu: »Unbedingt anhalten!« Die Farbe Gelb schließlich ist ein Fall, in dem es einen gewissen Deutungsspielraum gibt. Einerseits könnte man noch relativ frei fahren, andererseits wäre ein Anhalten, wenn auch kein unbedingtes, nicht verkehrt. Das eben macht den enormen Reiz der Horoskopdeutung aus.

Konkret ergibt sich nun aus unserem ausführlich behandelten Rechenbeispiel folgendes Deutungsbild:

Unser Prototyp ist fraglos ein an einem bestimmten Tage zu einer bestimmten Stunde an einem bestimmten Ort geborener Mensch weiblichen oder männlichen Geschlechts. Über diesen Umstand haben sich seine Eltern, soweit zu diesem Zeitpunkt komplett vorhanden, gefreut oder geärgert.

Der Aszendent verrät eindeutig, daß es sich bei diesem Prototypen um jemanden handelt, der eine ganz individuelle Gestalt und möglicherweise gar einen völlig eigenen Charakter annehmen wird. Das bedeutet logischerweise, der/die in diesem Sternzeichen Geborene wird Durchsetzungsvermögen oder Schlaffheit entwickeln, abhängig davon, wie das Trigon von Aszendent und dem gebundenen Stern die Eigenschaften aktiviert.

Stehen dazu noch Sonne und Mond im richtigen Zeichen, ist alles paletti. Stehen sie hingegen falsch, könnte es ganz anders kommen.

Die Konjunktionen von Saturn und Venus im 1. Haus lassen

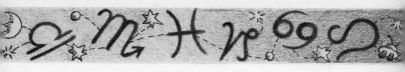

Rückschluß auf eine gewisse artspezifische Einstellung in Liebesangelegenheiten zu. Dann beispielsweise, wenn es sich bei unserer horoskopischen Musterperson um einen Mann handelt, der sich zu einem Bordellbesucher entwickelt. Er könnte anfällig für Erkrankungen der Geschlechtsorgane werden, sofern er die Empfehlungen nicht beachtet, die sich aus den Berechnungen ergeben.

Handelt es sich hingegen bei unserer horoskopischen Musterperson um eine Frau, könnte sie sich zu einer Bordellinsassin entwickeln. Und – hier erweist sich die absolute Zuverlässigkeit unseres so verstellten Horoskopes – auch sie könnte anfällig für Erkrankungen der Geschlechtsorgane werden, sofern sie die Empfehlungen nicht beachtet, die sich aus den Berechnungen ergeben.

Entscheidende Bedeutung bei der Deutung kommt dem Meridian zu. Von ihm hängt ab, welche Einstellung zum Beruf man hat, wenn man überhaupt eine hat, und damit, ob man Karriere machen wird.

In diesem Fall bedeutet das konkret, daß er/sie einen Beruf haben wird und Karriere machen kann, sofern er/sie sich seiner Eigenschaften bewußt ist und auch diese konsequent anwendet. Nur sollte er/sie sich vorsehen, nicht übers Ziel hinauszuschießen, weil sonst alles ganz anders kommt.

Enorme Bedeutung bei der Ausdeutung kommt der Sonne zu, symbolisiert sie doch den Tag und schönes Wetter, sofern es nicht bewölkt und kein Tief in der Nähe ist. Steht sie z. B. im Tierkreiszeichen Wassermann an der richtigen Stelle, gibt es all jene positiven Eigenschaften zuhauf, die an anderer Stelle Erwähnung fanden. Was allerdings bedeutet, daß die negativen Eigenschaften kräftig durchschlagen können.

Vorsicht ist geboten bei der Bewertung der Raumhälften. Aus der Geradlinigkeit unserer Horoskopzeichnung lassen sich die Grundtendenzen eines Menschen ersehen, dahingehend nämlich als wir durch die Striche die Häuser verteilt haben. Steht die Mehrzahl der Faktoren auf der einen Seite, so bedeutet dies Egozentrik, Früheifer und große Bedeutung der zweiten Lebenshälfte, sofern man in diese gelangt.

Steht sie auf der anderen Seite, ist Persönlichkeitsgestaltung ebensowenig ausgeschlossen wie Lebenskampf und früher Eintritt des Schicksals, das unausweichlich in den Sternen steht.

Finden wir die Faktoren hingegen überwiegend in der Mitte, läßt dies mit an Unsicherheit grenzender Wahrscheinlichkeit auf einen Lebensweg schließen, über den wir uns lieber nicht weiter auslassen wollen, da es sich hier um einen Dauerfall für den Psychiater handelt.

Die Bewertung verschiedener Häuser

Kommen wir schließlich zur Bewertung der Planetenpositionen. Bei eingehender Betrachtung sehen wir, daß sich jeweils zwei Häuser gegenüber befinden. Was nichts anderes bedeutet als Polarität. So stehen zum Beispiel das Ich und das Du einander gegenüber (1. Haus und 7. Haus), und ebenso das Ihr und das Wir (7. Haus und 1. Haus).

Sind die einzelnen Häuser nicht von Planeten besetzt, entsteht reichlich Freiraum, den es zu nutzen gilt. Etwa indem man sie sofort zu horrenden Preisen vermietet oder – Wohnungsnot hin oder her – sie eine Weile leerstehen läßt, um die Miete in die gewünschte Höhe treiben zu können. Umgekehrt ist es von Vorteil, wenn Planeten in den Häusern stehen, weil dann die

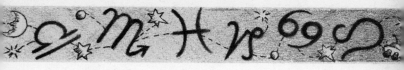

Vorgaben erfüllt sind und unter günstigen Konstellationen mit Einnahmen zu rechnen ist.

Gefahr dürfte indes im Anflug sein, wenn plötzlich hinter einem Planeten ein Komet herangedüst kommt, um sich auf eines oder mehrere Häuser zu stürzen. Dann gibt's nur eines: Nichts wie weg!

Es gibt aber auch zum Teil sehr schöne Konstellationen, auf die wir einen kurzen Blick werfen wollen. Stehen etwa Venus und Uranus ins 1. Haus, ist eine plötzliche Liebesbeziehung nicht auszuschließen, die jedoch ebenso jäh enden kann, wie sie begonnen hat. Vorsicht ist deshalb bei der Aufnahme von Beziehungen mit verheirateten Frauen und Männern geboten. Hier spielt nämlich der Schütze im Haus eine gewichtige Rolle, zumal dann, wenn er Scharfschütze ist und überdies einen geladenen Revolver besitzt.

Auch beim 2. Haus sollte man Vorsicht walten lassen, was möglicherweise mit den erforderlichen Renovierungen zu tun hat. Gründe dafür könnten ein feuchtes Fundament sein, Schimmelpilz und somit abblätternde Tapeten. Steht aber die Sonne diesem Haus nahe und scheint schön regelmäßig, ist bald alles wieder getrocknet.

Mit den Ausdeutungen der anderen Häuser ist es nicht anders, immer aber eine hochsensible Gefühlssache. So ist mit großer Sicherheit anzunehmen, daß es im 7. Haus nicht sofort zu einer dauernden Verbindung in Form einer Ehe kommen kann, weil die Partner noch verheiratet sind.

Neptun hat dabei das Sagen, wird es sich aber anders überlegen, falls die Partner sich scheiden lassen wollen. Keineswegs, um danach eine gemeinsame Ehe zu führen, sondern um sich wieder andere Partner zu suchen.

Nicht minder auslegungsfähig ist eine halbwegs unbefriedigende Dreiachtelquadratur zum Meridian, falls sich der Mars zufällig in der Nähe befindet. Das bedeutet nichts weiter, als daß es durchaus im Laufe des Lebens zu Unfällen kommen kann, die leichte, mittlere oder gar schwere Verletzungen, ja sogar den Tod zur Folge haben können, sofern der/die Betreffende nicht gesundet.

Zum Schluß ein typisches Beispiel

Eines sollten wir bei diesen Betrachtungen nicht vergessen: Es könnte so kommen! Es könnte aber auch ganz anders kommen! Das eben ist es doch, was den Reiz der Horoskopverstellung ausmacht. Egal, was wir errechnen – die Sterne lügen nicht!

Unter diesem Gesichtspunkt ist auch die nachstehende Lebenslaufskizze zu bewerten, in der das nach dem Ableben berechnete Horoskop zu über hundert Prozent mit dem tatsächlichen Leben des/der Betreffenden übereinstimmte. (Aus Datenschutzgründen sind nachstehend weder Name, Geschlecht noch Wohnort und Geburtsdatum des/der Horoskopierten genannt.) Hierbei handelt es sich in der Tat um ein typisches Beispiel.

Er/sie war ein Schüler, der aufgrund mancherlei Umstände unterschiedliche Leistungen zeigte. Die anschließende Lehre beendete er/sie dem Können und Lernvermögen entsprechend, um anschließend eine Karriere in dem einen oder anderen Beruf zu machen. Das hatte Neid und Mißgunst zur Folge,

aber auch Hohn und Spott, abhängig vom jeweiligen Stand der Dinge.
Er/sie heiratete/blieb ledig/wurde geschieden und hatte (keine) Kinder. Nach einem (un)erfüllten Leben mit mancherlei Reisen und kurzen/langen Krankheitsphasen starb er/sie schließlich, genau so, wie es aufgrund der Konstellation der Sterne am Tage seiner Geburt vorauszusehen war, eines (un)natürlichen Todes.

Wie eingangs angekündigt: Die Kunst der Horoskopverstellung ist zwar erschreckend simpel, immer aber todsicher!

SO GEWINNEN SIE DIE RECHTEN EINSICHTEN

Wie die Tabellen zu lesen und zu benutzen sind

Der nachfolgende, umfangreiche Tabellenteil, der als Ergänzung zu den im ein- oder mehrschlägigen Fachbuchhandel erhältlichen, jährlich neu erscheinenden Ephemeriden zur Erstellung Ihres Individualhoroskops verstanden sein will, gibt in komprimierter, aber dennoch ausführlicher und übersichtlicher Form Hilfestellung, damit Sie, liebe Leserin, lieber Leser, den totalen Durchblick bekommen können.

Tabelle I zeigt Ihnen akribisch und in chronisch-astrologisch chronologischer Reihenfolge, welches Sternkreiszeichensymbol welchem Tierkreis entspricht. Ihr Vorteil: Sie werden fürderhin nicht mehr in Verlegenheit geraten, falls Sie gefragt werden, welches Symbol zu welchem Tierkreis gehört.

Tabelle II gibt eine komplette Übersicht der Planetensymbole nach Definition und Maßgabe der Neuen Astrologie. Die Syrnbole sind Ergebnis langjähriger Beratungen des Planetensymbolausschusses des Weltverbandes der Sterndeuter und Wahrsager und wurden in Zusammenarbeit mit international verführenden Destinationsdesignern entwickelt.

Tabelle III faßt endlich faktisch vollständig zusammen, was bisher nur fragmentarisch vorlag, nämlich Zuordnungen von

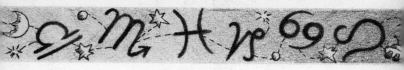

Symbolen, Polaritäten, Elementen und Qualitäten, wobei besonderes Gewicht auf Spezifikation nach Lachgruppen gelegt wurde. Im Unterschied zu unvergleichlichen ähnlichen Übersichten ist der Inhalt dieser wichtigen Tabelle im Sinne einer korrekteren Zukunftsdeutung auch völlig umkehrbar. Dazu ist nichts weiter erforderlich, als einen Spiegel zur Hand zu nehmen, die Tabelle davorzuhalten und den Text seitenverkehrt zu lesen.

Tabelle IV ist als Ergänzung zur Vervollständigung des dazwischen eingefügten Horoskopformulars zu verstehen, in das die ermittelten Angaben einzutragen sind. Bei der Ausfüllung sollte besonderer Wert auf Kompaktheit gelegt werden, da sonst womöglich der Platz nicht reicht. Beiblätter haben sich in der Praxis als untauglich erwiesen, da es meist zu Verlegungen kommt, die Verwechselungen zur Folge haben, welche die Zukunft entscheidend verzerren können. Sie sollten die Tabelle aber nur mit Bleistift ausfüllen oder Sie vorsorglich kopieren, damit Sie davon länger etwas haben.

Tabelle V ist ebenfalls zum Kopieren gedacht, hier zu dem Behufe, Planetenproportionen einzutragen und Ihre ureigene Häuseranspitzung spaltengerecht zu vermerken. Diese Tabelle hat sich als nützliches Hilfsmittel in besonders ausweglosen Fällen erwiesen.

Tabelle VI sollte sorgfältigst ausgefüllt werden, um bei Nichteintreffen der Prognosen die Beteiligten zur Verantwortung ziehen und verklagen zu können.

Tabelle VII dürfte sich als außerordentlich nützlich für die Gestaltung Ihres Restlebens erweisen und stellt im übertragenen Sinne eine Art Terminkalender dar. Richtig verarbeitet und eingelegt (daher auch die Bezeichnung »Aspiktabelle"),

haben Sie in guten wie in schlechten Tagen Zugang zu individuell lohnenden Positionen. Diese können im Bedarfsfall ganz schnell herangezogen werden, falls eine Änderung der Dinge nötig scheint. Das setzt selbstverständlich penibelste Vorgehensweise bei der Berechnung der Aspekte voraus, die in diese Aspiken einzufließen haben.

Wir wünschen Ihnen viel Freude, nicht allzuviel Kopfzerbrechen, vor allem aber besten Erfolg bei und mit der Tabellenbenutzung![1]

Tabellen zur Verlegung

Alles Unnötige auf einen Blick

1 Die Symbole der Tierkreiszeichen

Symbol	Tierkreis
♈	Widder
♉	Stier
♊	Zwillinge
♋	Krebs
♌	Löwe
♍	Jungfrau
♎	Waage
♏	Skorpion
♐	Schütze
♑	Steinbock
♒	Wassermann
♓	Fische

[1] © 5036 AC bis 2186 PC by Alex Sartorius & Konsorten

Symbol	Planet oder so
☺	Sonne
☾	Mond
☹	Merkur
♥	Venus
💣	Mars
👂	Jupps Pitter
☎	Saturn Mediamarkt
⊛	Uranustransport
Ψ	Nepp tun
✋	Plutonium
Ω	Mondknoten offen
A	Akzent
IR	InterRegio
ICE	InterCityExpress

II Die Planetensymbole

III Tierkreiszeichen, geordnet nach Polarität, Element und Qualität

Symbol	Polarität	Element	Qualtität
♈	plus	Feuer	kardinal
♉	minus	Erde	fix
♊	mal	Luft	bischöflich
♋	dividiert durch	Wasser	päpstlich
♌	hoch	Asche	politisch
♍	tief	Beton	pastoral
♎	rechts	Gas	banal
♏	links	Salzsäure	profan
♐	oben	Glut	konkurs
♑	unten	Ton	konfus
♒	andersrum	Sauerstoff	infam
♓	vorwärts	Süßstoff	intim

IV Persönliche Angaben

Name: ....

Vorname: ....

Zunahme: ....

Hausname: ....

Nachnahme: ....

Übernahme: ....

Geboren am: .... Um: ....

Geburtszeit: .... MEZ[1] .... ARD[2] .... ZDF[3] ...... RTL[4] .....

In: ....

Weil: .... Wegen: ....

Durch: .... Mittels: ....

Geogr. Länge: .... Geogr. Breite: ....

Geogr. Gewicht: .... Geogr. Haarfarbe: ....

---

[1] Mögliche Erzeuger-Zeit
[2] Allgemeine Regionalzeit Deutschlands
[3] Zulässiger Denkfehler
[4] Rein Theoretische Lokalzeit

V Planetenproportionen und Häuseranspitzen

☉		
☾		
☹		
♥		
💣		
👓		
☎		
⊛		
Ψ		
✋		
Ω		
	Häuseranspitzen	
1. A		
2.		
3.		
10. (ICE)		
11.		
12.		

VI Planetenbesetzung

Hauptrolle: ……………………… Nebenrolle: ………………………

Statisten & Komparsen: ……………………………………………

Kulisse: ……………………… Beleuchtung: ………………………

Musik: ……………………… Drehbuch: ………………………

Regie: ……………………… Produzent: ………………………

Im Verleih der: ……………………………………………

VII Aspiktabelle *(Positionen, die sich lohnen)*

	☺	☾	☹	♥	💣	👓	☎	☢	Ψ	✌
☺										
☾										
☹										
♥										
💣										
👓										
☎										
☢										
Ψ										
✌										

Ihr Biorhythmus

Wie man ihn verrechnet und sich aus dem Takt bringt

Um gleich einem Irrtum und möglichen Enttäuschungen beim Weiterlesen vorzubeugen: Die Wortverbindung »Bio« mit »Rhythmus« hat nichts mit »Grünen« oder »Öko« oder »biologisch« im Umweltsinne zu tun. Es handelt sich hier also mitnichten um eine besondere Tanzform dieser oder ähnlicher Gruppierungen.

Was aber bedeutet es dann? Nun, einmal einfach ausgedrückt, der Biorhythmus ist mit Abstand eine der schönsten Launen, die die Natur hervorgebracht hat.

Der Vollständigkeit halber muß angemerkt werden, daß es derer im Prinzip drei gibt, worauf wir an anderer Stelle noch zu sprechen kommen. Zunächst jedoch konzentrieren wir uns der Einfachheit wegen auf einen und nehmen das im Augenblick als gegeben hin.

Dieser bemerkenswerte Rhythmus also beeinflußt erstaunlicherweise unser Leben ganz entscheidend, ob wir's nun wollen oder nicht. Das tolle daran ist, daß man völlig anders leben kann, falls es gelingt, diesen Biorhythmus in den Griff zu bekommen oder – noch besser – gar aus dem Takt zu bringen. Eben die Methode für letzteres soll hier vermittelt werden.

Zuvor aber die notwendigen Grundlagen zum besseren Verständnis, worum es überhaupt geht.

Selbst ein mittelmäßiger Schüler hat womöglich schon einmal davon gehört, daß alles auf Erden gewissen sogenannten Zyklen unterworfen ist, die uns von innen oder außen beeinflussen.

Und ausgerechnet Sie wissen das nicht?

Gut. Gehen wir die Sache anders an und stellen die Frage: Ein Zyklus – was ist das denn eigentlich? Dazu gleich ein paar leicht nachvollziehbare Beispiele, die uns die wichtigste Regel für die späteren Berechnungen vermitteln.

Man wird geboren, man lebt, man stirbt. Das ist ein Zyklus. Klar, oder?

Schuljahrbeginn, Schuljahr, Schuljahrende. Das ist auch ein Zyklus. Ebenfalls, klar? Na, wunderbar!

Liebe, Heirat, Scheidung. Ein weiterer Zyklus, wie Sie zugeben werden.

Auto, Unfall, Schrott.

Führerschein, besoffen am Steuer erwischt, Führerschein weg.

Geld geerbt, verspielt, Pleite.

Aufs Pferd gestiegen, durchgegangen, abgeworfen.

Ins Wasser gefallen, Nichtschwimmer, ertrunken.

Ins Bett gegangen, eingeschlafen, aufgewacht.

Blasendruck, Notdurft verrichtet, gespült.

Zyklus über Zyklus – eine Reihe, die sich endlos fortsetzen läßt. Und was fällt dabei auf?

Richtig! Das, was wir soeben als Zyklus kennengelernt haben, vollzieht sich auf geradezu geheimnisvolle Weise in einer Dreierabfolge, die man im engeren wie im weiteren

Sinne durchaus als Rhythmus bezeichnen kann. Und diese Erkenntnis, die drei also, und den Umstand, daß es sich um eine rhythmische Abfolge handelt, merken wir uns als wichtigste Regel.

Der solchermaßen nunmehr informierte und ernsthaft interessierte Leser möchte natürlich wissen, warum das so ist. Um eine Antwort darauf geben zu können, müssen wir einen Blick in die Vergangenheit werfen.

Vor gut und gern viertausend Jahren fiel einem mesopotamischen Straßenkehrer auf, daß die Wege, die er zu fegen hatte, unabhängig von der Witterung mehr oder weniger verschmutzt waren.

Bedauerlicherweise dachte er über dieses Phänomen nicht weiter nach. Hätte er es getan und seine Erkenntnisse der Nachwelt überliefert, wären wir schon damals etwas schlauer gewesen, was den Biorhythmus anbelangt. So hingegen tappten zig Generationen von Menschen vorerst recht taktlos im dunkeln, ohne zu wissen, warum.

Zu unserem Glück fiel dann aber vor etwa dreitausend Jahren beim Turmbau zu Babel einem Bauarbeiter ein Ziegel auf den Kopf, was für den Betroffenen natürlich ein Unglück war. Verständlicherweise nicht nur überrascht, sondern auch ziemlich schockiert und mit schmerzverzerrtem Gesicht fragte er sich, warum manche Ziegel blieben, wo sie hingelegt wurden, andere aber selbst bei schönem Wetter einfach aus heiterem Himmel fielen.

Die in der Biorhythmik zu suchende Antwort auf die zugegebenermaßen etwas sonderbare Frage fand der bedauernswerte Bauarbeiter nicht, weil er infolge des Ziegelfalls am Fuße des Turmes verschied und sich folglich nicht weiter mit

dem Thema befassen konnte. Für die Geschichte des Biorhythmus mit all seinen Konsequenzen ist dies dahingehend von besonderer Bedeutung, als noch ein weiteres Jahrtausend vergehen sollte, bis eine Beobachtung von ähnlicher Tragweite gemacht wurde.

Kein Geringerer nämlich als der berühmte Arzt Hippokrates machte sich Gedanken darüber, daß die Menschen – unabhängig von ihrem Gesundheitszustand – gute und schlechte Tage zu haben schienen. Mal klappte alles auf Anhieb, mal überhaupt nichts.

Über diesen Umstand geriet er derart ins Grübeln, daß er fast vergessen hätte, worüber er eigentlich nachdachte. Dies erfüllte den Mediziner mit einem gewissen Unbehagen und dem Gefühl, auf der Stelle zu treten. So ließ er den Gedanken vorsichtshalber fallen, womit der Biorhythmus, dessen Entdeckung zum Greifen nahe gewesen war, weiterhin unentdeckt blieb.

Es nimmt wohl wenig wunder, daß die Natur darüber sauer war, und noch weniger, daß der Biorhythmus ob soviel Ignoranz schmollte und sich versteckte.

Das hätte er besser bleiben lassen sollen, denn möglicherweise dauerte es gerade deshalb fast geschlagene zwei Jahrtausende, bis jemand endlich auf den rhythmisch-zyklischen Trichter kam, jedenfalls teilweise.

Ein halbwegs renommierter Wissenschaftler, dessen Namen wir hier aber unter den Tisch kehren wollen, weil er in diesem Zusammenhang völlig unwichtig ist, stolperte Ende letzten Jahrhunderts bei einer Tanzveranstaltung.

Anders ausgedrückt: Er geriet aus dem Takt. Ähnlich wie zwanzig Jahrhunderte zuvor Hippokrates, verfiel unser Mann

darob ins Grübeln. Warum, so fragte er sich, bin ich, der ich doch ein ausgezeichneter Tänzer bin, aus dem Takt gekommen?

Wie bei allen großen Entdeckungen spielte auch hier der erleuchtende Zufall eine Rolle, denn der Wissenschaftler merkte plötzlich, daß sein Herz mehr Schläge als die sonst üblichen sechsundsiebzig pro Minute machte.

Herz? dachte er. Schläge? überlegte er weiter. Blut? sinnierte er. Körperchen? Er runzelte seine hohe Denkerstirn. Rote Blutkörperchen, fiel ihm ein, leben 128 Tage.

Seine Miene lichtete sich. »Das ist es!« rief er dann laut und hellerfreut. »Natürlich. Ein Zyklus! Und da – noch einer! Wie schön!«

Darauf fielen ihm eine Menge weiterer Beispiele ein, ähnlich denen, die wir oben kennengelernt haben. In seiner Eigenschaft als Wissenschaftler beschäftigte sich der Entdecker selbstverständlich sehr systematisch mit dieser Erkenntnis und kam zu dem Schluß, daß es beim Menschen bestimmte Zyklen geben müsse, womöglich physischer wie emotionaler Art.

Den zyklischen Gang zur Toilette erwähnten wir bereits. Er ist allerdings weder dem physischen 23-Tage-Zyklus noch dem emotionalen 28-Tage-Zyklus zuzuordnen. (Ein wichtiger Tip am Rande: Falls Sie einen solchen Verdauungszyklus haben, suchen Sie umgehend einen Urologen auf. Sie könnten nämlich unter Verstopfung leiden und wissen das nicht einmal!)

Zwei Zyklen – die wir anstandshalber hier bereits zu Biorhythmen ernennen wollen – hätten wir also schon. In den 30er Jahren unseres wundervollen Jahrhunderts, als die Welt schon nicht mehr so ganz in Ordnung war, hielt es der dritte Zyklus alias Biorhythmus nicht länger in seinem Versteck aus

und gab sich zu erkennen. Das tat er recht blasiert, weil es in seiner Art liegt. Dieser dritte ist nämlich der intellektuelle.

Und wie funktioniert die ganze Geschichte?

Sehr einfach. Die drei Zyklen setzen mit der Geburt auf neutralem Gebiet, der sogenannten Grundlinie, ein. Von da an zyklen die Zyklen ständig auf und ab und rauf und runter, so daß es einem bei all dem Hopsasa ganz schwindelig werden kann. Tja, und eben dies geschieht tatsächlich.

Zunächst nämlich geht's aufwärts, ins Positive. Das merkt man in der Praxis zum Beispiel daran, wenn man eine Bergwanderung macht. Es geht höher und höher und höher und dann ... bricht einem der Fels unter den Füßen weg, und man stürzt ab ins Tal. Was uns die negative Phase des Zyklus am eigenen Leibe erfahren läßt.

Aber, und das ist entscheidend bei der Materie, kritisch wird's, wenn die Zyklen die Grundlinie kreuzen. Das bedeutet: Man sollte sich nicht zu früh auf den nächsten positiven Zyklus freuen, denn Gefahr steht bei der Grundlinienkreuzung an.

Wenn Sie sich einmal dazu vorstellen, Sie bretterten mit Ihrem Wagen durch eine Kurve (= Zyklus) auf einen unbeschrankten Bahnübergang, mithin eine Eisenbahnstrecke (= Grundlinie) zu, können Sie vielleicht erahnen, was passiert, sollte gerade in dem Augenblick ein ICE angerast kommen, da Sie das Gleis überqueren ...

Vergleichen Sie dieses Modell spaßeshalber mit unseren Zyklusbeispielen am Anfang. Na?

Genau! Kritisch war's immer in der zweiten Phase, auf der Grundlinie also.

Heißt dies nun, daß an einem solchen »kritischen Tag« alles den Bach runtergeht?

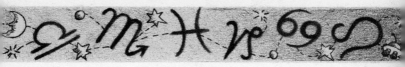

Nein, das kann zwar, muß aber nicht sein. Das ist lediglich eine Frage der Vorbeugung und Schadensverhütung.

A propos Verhütung: An einem kritischen Tag empfiehlt sich beispielsweise unbedingt bei einem intimen Beisammensein mit der besten Freundin Ihrer Frau oder dem besten Freund Ihres Mannes ein extrastarkes Verhüterli. Desgleichen sollten Sie jedem Überfall aus dem Wege gehen und Sorge tragen, daß Sie nicht als Geisel genommen werden.

Im Grunde ist es am sinnvollsten, an besagtem kritischen Tag im Bett zu bleiben, wozu Biorhythmus-Experten auch immer wieder raten, und sich die Decke über den Kopf zu ziehen. Doch auch hier ist Vorsicht geboten, weil Erstickungsgefahr besteht, sofern die Decke zu fest und zu hoch gezogen wird.

Schön und gut, mögen Sie jetzt sagen – ein kritischer Tag, was ist das schon? So was lass' ich doch locker abtropfen.

Schön und gut, erwidern wir darauf – denn wenn's nur einen kritischen Tag gäbe, dann brauchten wir den ganzen Aufwand nicht zu betreiben. Fatalerweise müssen Sie wie jeder andere Mensch auch aber sechs, ja manchmal sogar acht kritische Tage überleben. Und schlimmer noch, es gibt sogar doppelt kritische Tage. Nämlich dann, wenn zwei Rhythmen die Phase wechseln. Da brodelt der Mob aber heftig!

Mit etwas Glück – oder Pech (das ist reine Ansichtssache) erleben Sie gar den sogenannten *großen dreifach kritischen Tag*. Das ist die Phase, in der die Rhythmen den Geburtsstatus erreicht haben, und der Zauber beginnt von vorn.

Doch keine Angst! Hier und jetzt erfahren Sie, wie der Biorhythmus gekonnt ausgetrickst wird, indem wir ihn nämlich einfach verrechnen und so aus dem Takt bringen, daß er überhaupt nicht mehr weiß, was läuft. Haben wir das hinter uns

gebracht, ist jener glückselige Zustand wie vor viertausend Jahren erreicht, als der mesopotamische Straßenkehrer ... Sie wissen schon.

Die normal zyklenden Biorhythmen lassen sich üblicherweise mit folgendem Verfahren ermitteln:

Das Alter des nächsten Geburtstages wird mit 365 multipliziert, darauf die Zahl der Schaltjahre seit der Geburt bis zum nächsten Geburtstag addiert und die Summe dann dividiert a) durch 28, um den emotionalen Zyklus rauszubekommen, b) durch 23 für den physischen Zyklus und schließlich c) durch 33 um zu wissen, wie's intellektuell abgeht.

Bleibt bei den Divisionen etwas übrig? Wunderbar, so soll es sein. Denn dies entspricht der Anzahl von Tagen vor dem Geburtstag, an dem es von negativ nach positiv zyklet. Daran halten sich die Biorhythmen, weil sie nicht anders können.

Wir können aber anders! Zunächst multiplizieren wir ganz kühn unser Alter vom vorletzten Geburtstag mit 362. Das können wir ruhigen Gewissens tun, wenn wir z. B. drei Tage im Koma lagen, im Delirium waren (es muß ja nicht gleich das D. tremens gewesen sein) oder sonst irgendwie Ausfallszeiten dieser Dauer im Leben hatten.

Ihre Biorhythmen werden in diesem Moment garantiert schon ziemlich unruhig, weil sie etwas ahnen. Das sollte Sie aber nicht verunsichern, im Gegenteil. Wir schlagen nämlich jetzt raffiniert zu, indem wir die Zahl der Schaltjahre des vorgenannten Zeitraums subtrahieren.

Den Biorhythmen wird nunmehr ganz anders. Sie beginnen von einer Phase in die nächste zu springen, verlieren das Koordinationsvermögen und versuchen, was zu retten ist, indem sie uns wieder ihren Takt aufdrücken wollen.

Aber nicht mit uns! Erbarmungslos multiplizieren wir das letzte Ergebnis mit den zuvor erwähnten Zahlen. Und, o Wunder! Da gibt es einfach keine Reste mehr, die uns das Fürchten lehren müßten, sondern statt dessen eine so ungeheure Anzahl von Tagen, die den Biorhythmus total ins Schleudern und damit ein für allemal aus dem Takt bringen. Er weiß nicht mehr, was Sache ist, und wir haben damit endlich unsere Ruhe und können das ewige Auf und Ab und Hin und Her getrost vergessen.

Abschließend noch ein wohlgemeinter Rat: Kommen Sie um Himmels willen nicht auf die Idee, Ihre Biorhythmen nach der ersten Formel zu berechnen. Dann war Ihre Mühe vergeblich, und die Zykelei geht wieder los.

Sollten Sie diesen Ratschlag dennoch in den Wind geschlagen haben, hilft nur eins: Stellen Sie sich sofort ein günstigeres Horoskop und lassen Sie sich durch nichts erschüttern!

DAS KARTENSCHLAGEN

Gleich, wie sehr man seinem Horoskop vertraut und seinem Stern grenzenlosen Glauben schenkt – ein gewisser Unsicherheitsfaktor in Sachen Zukunft und Schicksal bleibt immer. Das hat natürlich Gründe. Sei es, weil auf der Milchstraße mal wieder eine Kanne umgekippt ist, die die Planetenkonstellation negativ beeinflußt, oder sei es, weil jemand in den himmlischen Gefilden bei der Beseitigung von Sternenstaub zu heftig das Reinigungstuch geschwenkt hat. Wodurch soviel kosmisch-astrologischer Staub aufgewirbelt wurde, daß beim besten Willen keine klare Voraussicht bestehen kann, mithin eine zuverlässige Vorhersage nicht möglich ist.

Anders gesagt: Durch solche unliebsamen Zwischenfälle entstehen Vorhersagelücken und Unrichtigkeiten, die es – natürlich wissenschaftlich akribisch – zu schließen gilt.

Einige Alternativen bzw. sinnvolle Ergänzungen zum Horoskop werden an anderer Stelle ausführlich vorgestellt. Über deren Sinn oder Unsinn scheiden sich, wie könnte es anders sein, die Geister.

Um das Maß voll zu machen und vor allem jenen Skeptikern etwas entgegenzusetzen, die da meinen, das Horoskop sei nicht aktuell genug, wird hier eine Vorhersagetechnik vermittelt, die einerseits – richtige Anwendung vorausgesetzt –

stets brandaktuell ist, andererseits keine Zukunftswünsche offenläßt.

Das Kartenschlagen ist entgegen weitverbreiteter Meinung keineswegs ein Akt von Gewalttätigkeit, wenngleich es im Verlauf des Prozesses zu Handgreiflichkeiten kommen kann. Diese aber sind unvermeidlich, weil nun einmal die Karten geschlagen werden müssen, damit sie etwas von sich geben.

Zuvor ein paar Worte zur Geschichte, zum Ziel und zum Wesen des Kartenschlagens, um zu verdeutlichen, worum es dabei eigentlich geht, ist doch die Karte in jeder Form aus unserem modernen Leben überhaupt nicht mehr wegzudenken. So gesehen – und dies bedarf der ausdrücklichen Erwähnung – ist die Technik und ihre Nutzung für die Lebensgestaltung jedes einzelnen wichtiger denn je.

Karten mannigfacher Art waren schon in der Antike bekannt. Damals bediente man sich solch gängiger Materialien wie Papyrus, Reisstroh, aber auch Schiefer oder gar Granit, um Karten anzufertigen.

Genau wie heute dienten Karten unterschiedlichsten Zwecken. Hierbei ist besonders die Nutzung als Postkarte hervorzuheben. So schrieb z. B. Caesar eine Papyruskarte an Kleopatra, mit der er sie zu einem gepflegten Abendessen im Tal der Könige einlud. Dieses Dokument wird bis heute im Geheimarchiv des Vatikan aufbewahrt. Im Geheimarchiv deshalb, weil Caesar es sich nicht verkneifen konnte, ein paar unzüchtige Anspielungen mit dieser Einladung zu verbinden, die in krassem Widerspruch zu jeweder Enzyklika päpstlicherseits stehen.

Ein weiteres überaus verbreitetes Einsatzgebiet für Karten war jenes als sogenannte Eintrittskarte. Zum Beispiel bei den

wöchentlichen Kreuzigungsfestspielen in Rom zu Zeiten Neros. Da standen – vergleichbar dem Andrang für Rockkonzerte unserer Tage – die Fans vor den Arenen Schlange, um gute Karten (was ja heißt Steh- oder Sitzplätze) zu bekommen. Und bis heute muß man Kinokarten, Konzert- oder Theaterkarten lösen, will man Eintritt zu den betreffenden Veranstaltungen erlangen.

Kreditkarten sind eine Nachkriegserfindung, entstanden aus dem unersättlichen Bedürfnis, über seine Verhältnisse leben zu können. Das Kartenschlagen erfährt bei geschicktem regelmäßigen Einsatz solcher Karten eine interessante Umkehrung dahingehend, als manche Inhaber von den Karten geschlagen werden, dann nämlich, wenn das Konto keine oder nur unzureichende Deckung aufweist.

In einem solchen Fall also haben die Karten einem etwas vorgemacht, was absolut nicht den Tatsachen entspricht. Mehr noch, sie haben dem Karteninhaber die gefährliche Illusion vermittelt, etwas zu haben, was er nicht hat.

Ein Wort der Ermutigung, sollte Ihnen dies widerfahren: Geben Sie sich um Himmels willen nicht gleich geschlagen!

Nicht nur am Rande seien hier auch die Landkarten erwähnt, die ein wichtiges Mittel zum Zurechtfinden des Benutzers in fremden Gefilden darstellen. Landkarten und die ihnen eigene Bildsprache dienen also als Orientierungshilfe, weisen im Idealfall den Weg. Und damit dabei keine Mißverständnisse entstehen, durch die der Kartenbenutzer in die Irre geführt wird, gibt es eigens dazu eine Legende.

Womit wir einen nahtlosen Übergang zum eigentlichen Kartenschlagen haben, denn a) brauchen wir auch hierbei eine Legende, der wir entnehmen können, was wir entnehmen wol-

len, b) dient das gewonnene Ergebnis der Orientierungshilfe im Leben und c) basiert jede Landkarte genau wie das Kartenschlagen auf einer gewissen Vermessung.

Ganze Trupps von Kartographen düsen nämlich, ausgestattet mit hochkomplizierten Instrumenten, durch die Gegend, um die Landschaft gründlich zu vermessen. Und ebenso vermessen gehen die Kartenschläger vor.

Wie das im einzelnen funktioniert, soll nun kurz, aber dennoch ausführlich erläutert werden.

Die Karten, derer wir uns bedienen, sind überall erhältlich. Unwichtig ist, ob es sich um ein französisches, amerikanisches, Schweizer oder deutsches Blatt handelt. Wichtig ist allein, daß uns 32 Karten in den bekannten vier Farben zur Verfügung stehen, als da sind Herz, Karo, Kreuz und Pik.

Die Kartenlegende, deren intime Kenntnis zur folgenden Schlägerei wichtig ist, verrät uns zu den Farben dies: Herz steht natürlich für Liebe sexueller wie romantisch verklärter Art. Karo steht für Jugend und damit leichte Beeinflußbarkeit. Aber das haben Sie vielleicht schon am eigenen Leibe erfahren, indem Sie der albernen Aufforderung der Fernsehwerbung folgten und den mit diesem Kartensymbol verhafteten Kaffeeersatz schlürften.

Im Prinzip klar hingegen ist, warum Kreuz Reife und Initiative vertritt. Wird man älter, hat man's – jüngste Statistiken belegen dies – im Kreuz, und im Laufe des Berufslebens muß so mancher zu Kreuze kriechen.

Taucht das kohlpechrabenschwarze Symbol Pik auf, gibt's nur eines: abtauchen, untertauchen, verschwinden. Denn Pik bedeutet Alter, Dunkelheit, Feinde zuhauf und Katastrophen.

Solchermaßen moralisch vorbereitet, können wir uns der Technik im Detail zuwenden.

Zunächst brauchen wir eine »persönliche« Karte. Vertreter des männlichen Geschlechts wählen dazu einen König, Frauen naheliegenderweise eine Dame. Zu berücksichtigen ist, daß nicht irgendein König oder irgendeine Dame ausgesucht wird, sondern tunlichst jemand, der zu dem paßt, der Auskunft über seine Zukunft haben will.

Ein Karokönig oder die Karodame ist immer gut für Menschen mit hellem Haar. Herz paßt zu blond, braun zu Kreuz, schwarz zu Pik.

Und was machen Glatzen- bzw. Perückenträger? fragen Sie vielleicht. Da Ausnahmen die Regeln bestätigen, darf in solchem Fall der Joker aus dem Canastaspiel genommen werden.

Nun werden die restlichen Karten gemischt, womit die eigentliche Kartenschlägerei beginnt. Da rempelt der Pikbube die Herzzehn an, die ihrerseits der Karoneun eine vor den Latz knallt. Da versetzt die Kreuzacht der Karozehn ein Schlag, daß es kracht und sie am Ende dasteht wie Piksieben. Aber: Zu diesem Zeitpunkt wissen wir das alles nicht.

Wir legen die schon etwas angeschlagenen Karten mit dem Bild nach unten auf einen Tisch, lassen den Zukunftsforscher einen Haufen Karten seiner Wahl abheben und diese unter die restlichen legen. Das gefällt denen natürlich überhaupt nicht, und schon wieder ist – völlig unbemerkt – eine Schlägerei im Gange.

Die findet ihr vorläufiges Ende durch das jetzt folgende Legen, was aber nichts mit Eiern zu tun hat, selbst wenn gerade Ostern angesagt ist.

Eingefügt sei hier, daß der oder die Fragende die Karten immer (!) mit der linken Hand mischen und legen muß. Besitzt er/sie eine solche nicht, ist der ganze Vorgang zum Scheitern verurteilt. Doch vielleicht findet sich ja jemand, der freundlicherweise mit einer linken Ersatzhand aushilft oder seine eigene vorübergehend zur Verfügung stellt. In dringenden Fällen kann man sich auch ans Deutsche Rote Kreuz, den Johanniter- oder Malteserhilfsdienst oder die Caritas wenden, die alles tun werden, was in ihren Kräften steht.

Karte um Karte wird abgehoben, mit dem Bild nach unten gelegt, der Rest dann wieder gemischt und so weiter und sofort. Klar, daß den geschundenen Karos und Herzen bereits hundeelend zumute ist. Aber das läßt sich leider nicht ändern.

Nach diesen umfangreichen Vorbereitungen darf die entscheidende Frage gestellt werden, die folgendermaßen lauten kann: »Was habe ich in den nächsten sieben Tagen zu erwarten von den Karten?«

Das macht den Kartenleger stutzig, und er dreht die ersten beiden Karten um (er legt sie auf, wie man in der Kartenschlägerfachsprache sagt). Dieser Vorgang ist mit mancherlei Stöhnen, Ächzen und Geschrei verbunden, das sensible Menschen gewiß wahrnehmen werden.

Diese beiden Karten verraten, wie das Wetter morgen wird. Eine Piksechs, kombiniert mit einer Herzsieben bedeutet, daß gewisse Temperaturen zu erwarten sind, wobei Sonnenschein nicht auszuschließen ist, sofern es nicht regnet. Die Wahrscheinlichkeit von dichtem Schneefall im August ist relativ gering, größer hingegen im frühen November oder späten Januar.

Die beiden Karten, die als nächste umgeschlagen werden,

geben Auskunft für das Wetter von übermorgen. Da kann selbstredend alles ganz anders sein.

Es folgen die beiden Karten für Überübermorgen und so weiter und so fort, bis die sieben Tage um sind.

Nach diesem Durchgang ist eine Pause empfehlenswert, weil die geschundenen Karten infolge der Belastung vorübergehend kreuzlahm sein dürften.

Wir nutzen die Gelegenheit, uns die letzte Karte anzusehen, die in die Mitte kommt, und ihr eine spezielle Frage zu stellen, auf die sie eine der folgenden Antworten gibt: Ja, nein, jein, nja, wahrscheinlich, möglicherweise, wahrweise oder möglicherscheinlich.

Exakt heißt das: Ein Herz bedeutet möglicherweise, ein Karo wahrscheinlich, Kreuz steht für ja und Pik für nein. Nicht ganz so exakt, aber nichtsdestoweniger treffend können wir dem entnehmen: Herz bedeutet möglichersweise ja, Karo wahrscheinlich nein, Kreuz steht für wahrscheinlich ja, Pik für möglicherweise nein.

Die anderen Kombinationen ergeben sich logischerweise aus dem zuvor Gesagten. Was bedeutet, daß Ihrer Vorhersagephantasie keine Grenzen gesetzt sind.

Natürlich wollen Sie ebenso wie der Fragesteller wissen, was denn die einzelnen Kartenwerte für eine Bedeutung haben. Diese Wißbegier ehrt Sie, und deshalb erhalten Sie auch eine ehrliche Auskunft.

Ein As ist in jeder Hinsicht das Größte. Diese Karte sticht nämlich alle anderen, unabhängig davon, welche Farbe so ein As hat. Allerdings kann ein As auch ein ziemliches Aas sein, zumal das Pikas, mit dem sexuelle Befriedigung und Erfüllung verbunden sind. Die lassen sich aber nicht finden, sofern

weder eine geeignete Dame noch ein passender Bube vorhanden sind.

Mit den Königen ist es so eine Sache, genau wie mit den Damen. Ein König kann großzügig, liebevoll, aber auch ehrgeizig oder gar eigensinnig sein. Liegt er aber verkehrt, dann verkehrt sich das ins genaue Gegenteil.

Taucht etwa eine Herzdame auf, kann dies für eine Frau stehen, die helle Haare hat. Auf den Zähnen vielleicht. Liegt die Kreuzdame plötzlich vor uns, heißt dies, sie ist umgekippt.

Buben, gleich welcher Farbe, lassen stets positive Rückschlüsse auf Charaktereigenschaften zu, sofern solche vorhanden sind. Negative Ansätze können indes keineswegs ausgeschlossen werden, weil das Buben nun einmal zu eigen ist. Schließlich spricht man ja nicht von ungefähr von »bösen Buben«.

Nicht anders ist es mit den anderen Karten, die sich mal so und mal so verhalten. Dafür sollte man aber Verständnis zeigen, weil die fortwährende Schlägerei doch sehr stressig ist und das Nervenkostüm reichlich strapaziert, von möglichen äußeren Prellungen und Schrammen sowie inneren Verletzungen ganz abgesehen.

Abschließend ein Musterbeispiel, das Ihnen nachvollziehbar vor Augen führt, was in den Karten tatsächlich drinsteckt, wenn sie hinreichend geschlagen wurden.

Einmal angenommen, Sie haben den Großen Stern gelegt (das ist das Gegenteil zum Kleinen Stern, wie sich unschwer denken läßt. Es gibt außerdem noch einen Mittleren Stern, einen Mittelkleinen und einen Mittelgroßen Stern. Was das im einzelnen bedeutet, können Sie dem »Großen Leitfaden für Kartenschläger« entnehmen).

Doch wieder zu unserem Beispiel. In diesem Großen Stern finden wir nun kreuz und quer einige Paarungen. Auf Position 14 und 16 (also oben links und rechts, direkt an dem Zacken) liegen Karodame und Herzas. Daraus können wir auf eine liebevolle Beziehung zwischen Herr und Hund oder Reiter und Pferd schließen, sollte eine entsprechende Frage gestellt worden sein. Andererseits besteht auch die Möglichkeit, daß zwar ein Herr da ist, ein Hund hingegen nicht, wohl aber eine möglicherweise dunkelhaarige Katze für kurze Zeit einen wichtigen Platz im Leben des Fragestellers einnehmen wird. Dieser Platz könnte sich unter dem rechten Vorderreifen des Autos des Betreffenden befinden.

Weiter deuten wir daraus, daß der Fragesteller in den nächsten Tagen einer hellhaarigen Frau begegnen kann, die ihn keines Blickes würdigt. Ferner schließen wir, daß es in der Vergangenheit eine dunkelhaarige Frau gegeben haben muß, die sich nicht die Bohne für diesen Herren interessierte. Und mit größter Wahrscheinlichkeit wird er in nicht allzu ferner Zukunft eine Begegnung mit einer kastanienrothaarigen Frau haben, die einfach an ihm vorbeigeht.

Umgekehrt besteht durchaus die Möglichkeit, daß es ganz anders kommt. Wenn man das will, muß man die Karten intensiver schlagen und hoffen, daß sie sich beugen.

Die Konstellation von Karosieben (verkehrt herum) zum Kreuzbuben verrät, daß früher einmal etwas überhaupt nicht gestimmt haben kann. Wobei es sich vielleicht um eine gefälschte Kassenabrechnung handelt oder um eine falsch gelöste Rechenaufgabe im Mathematikunterricht. Für die Zukunft indes bedeutet dies, daß eines nicht allzu fernen Tages etwas überhaupt nicht stimmen kann. Beispielsweise dann,

wenn der Fragesteller sich verfährt, weil er für seine Urlaubsreise durch Frankreich eine Landkarte von 1756 mitgenommen hat.

Dagegen verspricht die Paarung von Karokönig und Herzbube eine erfüllte und glückliche Zukunft. Glücklich dahingehend, als mit einem Gewinn in einer Klassenlotterie zu rechnen ist, sofern ein Los erworben und in der Auslosung die richtige Zahl gezogen wurde. Die Chancen dafür stehen in der Tat nicht schlecht.

Privat, das beweist die vergleichsweise seltene Superstellung Kreuzneun und Karozehn, kommt auch alles ins Lot, und das gleich fünffach. Dann nämlich, wenn der Fragesteller das Lot fünfmal in die Kaffeedose versenkt und eben diese Menge Kaffeepulver mittels Lot in die Kaffeemaschine füllt.

Bleibt die Paarung Pikacht und Karoas. Eine Erbschaft könnte alle finanziellen Probleme (die laut Pikzehn und Karobube vorhanden sind) auf einen Schlag lösen. Vorsicht ist aber in diesem Fall geboten, weil Kreuzacht und Pikacht einander gegenüberstehen. Was heißt: den potentiellen Erbonkel nicht am hellichten Tage vor Zeugen erschießen und dies als Unfall deklarieren. Streitigkeiten, ja gar gerichtliche Auseinandersetzungen, wären dann die Folge.

Wir sehen also, daß das Kartenschlagen, auf die Prognose der unmittelbar bevorstehenden Zukunft bezogen, dem gewöhnlichen individuellen Horoskop gegenüber entscheidende Vorteile bietet. Eben durch die weitgehend konkret möglichen Aussagen, die uns trotz aller scheinbaren Unverbindlichkeit wertvolle Entscheidungshilfen in allen Lebenslagen geben. Ob und wie wir sie nutzen – zu unserem Vorteil oder Nachteil –, das ist etwas, das allein bei uns liegt.

Abschließend noch eine Empfehlung. Sie sollten die Karten stets rücksichtslos und heftig schlagen. Das brauchen die nämlich, damit sie ihr Bestes geben. Andernfalls laufen Sie und/oder der jeweilige Fragesteller Gefahr, daß die Karten absolut schlaff und ebenso lust- wie freudlos auf dem Tisch liegen und so tun, als ob Ihr Schicksal sie überhaupt nichts anginge.

Natürlich handelt es sich dabei um eine mutwillige Täuschung. Denn für die Karten gilt ebenso, was wir über die Sterne wissen: Sie lügen nicht!

Das Lesen aus dem Satz von Tee und Kaffee

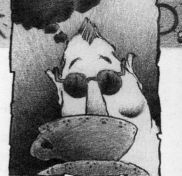

Bevor die altherbrachte, umständliche und überdies mühsame Art der Nahrungsaufnahme durch Einführung hand- und speiseröhrenfreundlicher kulinarischer Fastfood- wie Instant-Köstlichkeiten entscheidend vereinfacht wurde, waren für diesen lästigen Vorgang komplizierte Werkzeuge erforderlich. Messer, Gabeln und Löffel gehörten dazu, ferner Teller und – für Flüssigkeiten – Tassen nebst dazugehöriger Untertassen.

Bei vorletzteren handelte es sich um zumeist runde Gefäße, die mit einem Henkel versehen waren. Dieser Tatsache kommt deshalb besondere Bedeutung zu, weil Tassen nun einmal Voraussetzung für das Lesen aus dem Satz von Tee und Kaffee sind. Mag auch heute die Beschaffung zumindest einer solchen Tasse mit mancherlei Schwierigkeiten und nicht unerheblichen Kosten verbunden sein – wir brauchen sie.

Welch wichtige Rolle der Henkel dabei spielt, wird im weiteren Verlauf dieses Kurzlehrgangs deutlich, desgleichen die Funktion der Untertasse. Angemerkt sei hier vorsichtshalber, daß dies nicht notwendigerweise eine fliegende Untertasse sein muß! Und schließlich: Am besten wär's natürlich, Sie hätten noch alle Tassen im Schrank, für den Fall, daß etwas entzweigeht. Soviel zur Einleitung.

Die »Tasseographie«, so die wissenschaftlich exakte Be-

zeichnung für das Wahrsagen aus Teeblättern und Kaffeesatz, ist eine sinnvolle Ergänzung von Astrologie und Horoskopie, zumal dann, wenn die Sterne sich bedeckt halten oder zum Schwindeln neigen.

Um befriedigende Erfolge zu erzielen, empfiehlt sich die Benutzung einer innen entweder weißen oder einfarbigen Tasse nebst Untertasse, die an einem Ort Ihrer Wahl aufgestellt wird.

Der erste Schritt zur Vorbereitung des Blickes in die Zukunft besteht im Aufguß eines Tees oder Kaffees. Einer speziellen Sorte oder Marke bedarf es zwar nicht, doch sind Teebeutel und Instantkaffee für unsere Zwecke freilich unbrauchbar.

Die Erklärung: Der Instant-Kaffee löst sich sofort spurlos auf, was der Name ja warnend verrät, und der Tee im Beutel entzieht sich unserem forschenden Blick. Aufschneiden macht wenig Sinn, da es uns um die Zukunft und nicht um Aufschneiderei geht, wenn auch das eine das andere nicht völlig ausschließt.

Ferner sollte der Säuregehalt die gesetzlich zulässige Obergrenze nicht überschreiten, weil andernfalls die Gefahr einer Tassenverätzung besteht, die nicht nur überaus schmerzhaft sein kann, sondern auch das Ergebnis verzerren würde.

Der zweite Schritt besteht im behutsamen Schlucken der vorerwähnten Flüssigkeit. Dieser Mühe, die ja ein Relikt aus vergangenen Zeiten darstellt, muß der Tasseograph sich, strengen Regeln folgend, unterziehen. Dazu im einzelnen: Die Tasse ist mit der linken Hand zu ergreifen! (Sie wissen doch von früher, wo links ist, nicht wahr?) Nunmehr wird die Tasse dreimal im Gegenuhrzeigersinn geschwenkt. Wohlgemerkt: dreimal! Und den Gegenuhrzeigersinn nicht vergessen! Das

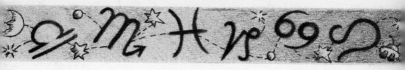

ist überaus wichtig, weil Vergangenheit und Gegenwart, die in Form mikrobisch feinster Teile im Tee oder Kaffee enthalten sind, sich nur so zukunftweisend mischen können.

Der dritte vorbereitende Schritt erfordert Ihre volle Konzentration und die Aufbietung aller Ihnen zur Verfügung stehenden Körper- und Geisteskräfte. Knausern Sie damit keinesfalls!

Haben Sie jetzt ausgetrunken? Pech für Sie, wenn sich dabei Kaffeesatz oder Teeblätter in Ihrem Gebiß festgesetzt haben. Das bedeutet nämlich, daß Sie ganz von vorn beginnen müssen, denn das ekelhafte Zeug brauchen wir nun mal. Also reißen Sie sich zusammen, auch wenn's schwerfällt.

Kippen Sie den Rest aus der Tasse in die Untertasse. Das geschieht folgendermaßen: Drehen Sie das Gefäß so, daß sich der Boden – das ist der geschlossene Teil – oben und die Öffnung – logischerweise der Teil, wo bis auf den Rand nichts ist – unten befindet. Das ist ganz einfach, wenn man's erst mal weiß.

Zählen Sie nun bis sieben. (Zur Erinnerung: Das Zählen beginnt mit eins, gefolgt von zwei, drei und vier und so fort. Sollten Sie nicht weiterwissen, schlagen Sie in einem Lexikon nach. Ein Tip aus langjähriger Erfahrung: Geeignete Stichworte sind »fünfundzwanzig« und »achtundneunzig«. Aber wenn Ihnen das zu einfach ist, können Sie auch bei Adam und Eva anfangen.)

Die Flüssigkeit dürfte jetzt abgelaufen sein. Schlechtestenfalls auf Ihr neues Kleid oder Ihre Hose. Halten Sie trotzdem still, weil sonst alles für die Katz gewesen wäre, und beißen Sie die Zähne zusammen.

Drehen Sie nunmehr die Tasse wieder um. Das geschieht so: Sie fassen den Henkel – das ist dieses komische Ding, das

absolut nutzlos ist, solange sich kein Gefäß daran befindet – und richten ihn auf sich. Zugleich machen Sie eine Kreisbewegung aus dem Handgelenk. Diese hat zur Folge, daß die Tasse unten wieder ganz geschlossen ist und oben offen. Zu Beginn unserer Übung war das der physikalische Zustand des Behältnisses. Ist dies nicht der Fall, haben Sie etwas falsch gemacht, wahrscheinlich zu weit gedreht.

Auch hierzu ein Tip aus der Praxis: Betrachten Sie einmal aufmerksam Ihren linken Arm. Weist er vielleicht Verformungen auf, derart beispielsweise, daß er einer Spirale ähnelt? Das ist ein typischer Anfänger-Tasseographenfehler! Sie schaffen Abhilfe, indem Sie eine Kreisbewegung in Gegenhandgelenkdrehrichtung machen, ohne dabei den zuvor erwähnten Henkel loszulassen.

Vorsicht: Wenn Sie jetzt wieder zu weit gedreht haben, besteht beim neuerlichen Zurückdrehen in Gegenhandgelenkgegendrehrichtung nicht nur akute Gefahr für die Unversehrtheit Ihres Armes, sondern auch für Ihren Geisteszustand.

Keinesfalls dürfen Sie in einer solch prekären Lage in Panik geraten! Lassen Sie vielmehr den Arm so, wie er gerade ist, verbinden ihn provisorisch, ohne Henkel nebst Tasse loszulassen, nehmen mit der hoffentlich freien rechten Hand die Untertasse und begeben sich zu einem Arzt Ihres Vertrauens, wobei darauf zu achten ist, daß nichts verschüttet wird.

Gehen wir aber hier davon aus, daß der Idealfall eingetreten ist und Sie nach langen, nervenaufreibenden Versuchen alles richtig gemacht haben, dann sollte sich Ihnen folgendes Bild bieten: Sie sitzen an dem Tisch Ihrer Wahl, mit einer weißen oder einfarbigen Tasse Ihrer Wahl, deren Henkel auf Sie gerichtet ist in der linken Hand sowie der Untertasse Ihrer

Wahl und haben Tee oder Kaffee (je nach Wahl) getrunken. Nunmehr beginnen wir mit dem eigentlichen Lesen.

Angemerkt sei zu Ihrer Beruhigung, daß wir es nicht mit dem Lesen oder beschwerlichen Entziffern von Worten oder zusammenhängenden Sätzen zu tun haben. Wir »lesen« im übertragenen Sinne Bilder, so wie wir sie hinlänglich aus Film und Fernsehen kennen, aber auch aus Illustrierten und Bildergeschichten (Comics) oder einfach jenen, die an der Wand hängen, falls diese nicht aus dem Rahmen gefallen sind.

Ist viel Kaffeesatz oder sind viele Teeblätter in der Tasse zurückgeblieben, deutet dies schon mal darauf, daß Sie sehr verschwenderisch und unmäßig sind. Die Menge macht's bei der Tasseographie wirklich nicht.

Finden sich hingegen nur wenig Reste oder gar keine in der Tasse, beweist das eindeutig, daß Sie am falschen Ende gespart und überhaupt nicht kapiert haben, worum es eigentlich geht! Anders gesagt: Fangen Sie neu an und nehmen Sie vorsichtshalber gleich ein ganzes Pfund Kaffee oder Tee für die Tasse. (Das ist auch gut für Ihren Kreislauf!)

Nun zu den Bildern, die Ihre Fragen an die Zukunft beantworten. Zunächst aber: Der Henkel der Tasse, dieses völlig überflüssige Ding also, wenn kein Gefäß zum Halten vorhanden wäre, stellt Sie dar. Seien Sie sich dessen voll und ganz bewußt!

Was sich links in der Tasse befindet, bezieht sich auf die Vergangenheit (daher der Begriff War-Sagen). Die rechts ruhenden Reste markieren die Zukunft. Das gilt aber nicht absolut, kann folglich auch völlig umgekehrt sein. In der richtigen Ausdeutung beweist sich letztlich wahre tasseographische Meisterschaft.

Eine weitere Deutungsvariante lehrt, daß alles, was in Henkelnähe ist, Vergangenheit meint, alles andere Zukunft. Möglich ist auch ein totaler Bezug auf die Gegenwart. Und da haben Sie gleich Ihr erstes Erfolgserlebnis, nämlich: die Tasse ist unzweifelhaft leer. Herzlichen Glückwunsch!

Wenn Ihnen jetzt auch noch der erste Blick in die Vergangenheit gelingt, sind Sie schon ein schönes Stück weiter. Nun? Richtig! Sie haben Kaffee oder Tee (nach Wahl) getrunken. Ganz ausgezeichnet!

Beachten Sie nunmehr bitte dies bei der folgenden Ausdeutung: Punkte können uns verraten, daß die Tasse nicht richtig ausgespült wurde. Das gilt auch für Wellenlinien und gerade Linien. Indes beziehen sich Punkte vielleicht auch auf unwichtige, Wellenlinien auf wirre und gerade Linien auf gerade Angelegenheiten, die Sie beschäftigen.

Größe und Deutlichkeit der Bilder sind ebenfalls von Bedeutung, ferner die Proportionen und der Geruch, zudem Farbe und Temperatur. Desgleichen spielen Gewicht und Tonart eine Rolle, aber auch Konfession, monatliches Bruttoeinkommen, Bankguthaben, Familienstand, Anzahl der Kinder, Haus- und Grundbesitz und dergleichen mehr. All diese Faktoren sind für Vergangenheit, Gegenwart und Zukunft prägend. Nicht zu vergessen der richtig ausgefüllte (und abgegebene!!!) Lottoschein.

Kommen wir jetzt zu den Symbolen in alphabetischer Abfolge, sobald Sie sich mit den notwendigen Meßgeräten wie Potentiometer, Dichtemesser, Apothekerwaage, Farbvergleichsskala, Hörrohr, Stimmgabel und weiteren im Anhang detailliert aufgeführten Utensilien ausgestattet haben.

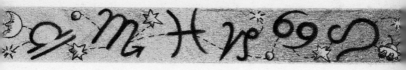

Anker. Liegt er oben in der Tasse, steht Ihnen Unheil bevor. Er sollte nämlich unten Halt haben. Befindet er sich unten in der Tasse und ist zudem nur verschwommen sichtbar, sollten Sie umgehend einen Augenarzt aufsuchen. Möglicherweise brauchen Sie eine (neue) Brille.

Ein **Apfel** in der Tasse läßt darauf schließen, daß es sich um eine große handeln muß. Es sei denn, Sie haben eine kleine. Dann ist auch der Apfel entsprechend klein. Doch so oder so: Apfel bedeutet, daß Sie ihn im Hause haben und über kurz oder lang essen werden. Tun Sie das nicht, drohen unangenehme Ereignisse wie beispielsweise Unmengen lästiger Fruchtfliegen, die wie eine Wolke um den verfaulten Äpfeln düsen. Im Sommer besteht gar Stichgefahr durch Wespen! Also: Ignorieren Sie dieses Zeichen keinesfalls.

Problematisch ist ein **Auto** in der Tasse. Es kann bedeuten, daß Sie einen Kleinwagen gefahren haben, sofern sich das Auto links (Vergangenheit) befindet. Weiter kann es heißen, daß Sie nie ein Auto gehabt haben oder aber, daß Sie irgendwann eins haben werden. Schließlich ist auch noch die Deutung möglich: Sie fahren Ihr Auto kurz und klein. Warten Sie's in Ruhe ab. Sie wissen ja jetzt, was auf Sie zukommt.

Ein **Baby** in der Tasse verkündet Unheil. Entweder waren, sind oder werden Sie schwanger oder haben geschwängert oder werden schwängern. Schlimmstenfalls nicht von Ihrem eigenen Mann bzw. nicht Ihre eigene Frau. Lesen Sie aus Kaffeesatz, wird das Kind ein süßer Negerfratz. Falls Sie Tee benutzt haben, dürfen Sie sich auf einen Asiaten freuen. Tröstlich in dieser Verbindung ist dieses Bild nur für Milchkaffeetrinkerinnen und -trinker. Dahingehend, als Sie sich auf weißen Nachwuchs einstellen können. Ein Wort zum Geschlecht des Spröß-

lings: Oben = Knabe, unten = Mädchen, in der Mitte = Zwitter. Wie auch immer: Horrende Kosten stehen Ihnen ins Haus!

Ein **Bett** in der Tasse entlarvt Sie als Schwerenöter. Selbst beim Wahrsagen denken Sie immer nur an das eine. Pfui! Schämen Sie sich!

Ein **Haus** in der Tasse läßt darauf schließen, daß Sie entweder über kurz oder lang in den Genuß einer Wohnung kommen, falls Sie nicht bereits ein Zuhause haben, oder aber, ist letzteres der Fall, diese bald los sein werden. Vielleicht, weil es Ihren Vermieter auf die Palme bringt, daß Sie seinen sündhaft teuren Teppichboden mit Kaffeesatz versaut haben.

Von Glück können Sie reden, wenn Sie eine **Stecknadel** in der Tasse entdecken. Deshalb nämlich, weil Sie die nicht heruntergeschluckt haben. Passen Sie beim nächsten Mal besser auf!

Eine **Fahne** in der Tasse ist relativ häufig zu beobachten. Es bedeutet, daß Sie den Kaffee oder Tee mit Schuß getrunken haben, also unter Hinzufügung eines alkoholischen Getränkes. Lassen Sie das bleiben, denn eine torkelnde oder gar angedröhnte Tasse kann Ihnen schlecht die gewünschten Auskünfte geben.

Entdecken Sie eine **Hand** in der Tasse? Wenden Sie sich um Himmels willen sofort an die Polizei, aber seien Sie gleich hier vor möglicherweise peinlichen Fragen gewarnt.

Gehört der **Kopf**, den Sie in der Tasse entdecken, vielleicht einem Strauß? Das ist ungewöhnlich, weil diese Tiere ihn ja üblicherweise in den Sand stecken. Immerhin sollte Ihnen das aber Grund zum Nachdenken geben.

Ein **Ring** in der Tasse müßte Sie mißtrauisch machen. Schauen Sie doch vorsichtshalber mal auf Ihren Ringfinger und

sehen Sie nach, ob noch alles dran ist, was vor der aberwitzigen Schüttelei dran war.

Ein **Schrank** in der Tasse sollte Anlaß zu sehr intensivem Nachdenken geben, dahingehend nämlich, weil irgend etwas völlig falsch gelaufen ist. Eine Tasse im Schrank okay. Aber umgekehrt ...?

Damit genug der Beispiele für Symboldeutungen. Sie werden mit etwas Mühe und Fleiß noch Unmengen anderer finden. Lohnen tut sich's allemal.

Vom Pendeln und dem Umgang mit der Wünschelrute

Mannigfacher Art sind die zur Verfügung stehenden Hilfstechniken zur ergänzenden exakten Ermittlung der persönlichen, ganz nahen Zukunft, wenn das individuell gestellte Horoskop wider Erwarten versagt oder nicht das sagt, was wir zu erfahren hofften.

Zwei der zuverlässigsten, einfachst zu erlernenden und wahrscheinlich preisgünstigsten Methoden seien hier vorgestellt. Die dafür notwendigen Hilfsmittel dürften in jedem Haushalt zu finden sein, was übrigens mit Grund dadür ist, daß besonders die erste Methode, die hohe Kunst des Pendelns nämlich, sich von alters her so großer Beliebtheit erfreut, wenn man denn weiß, wie's richtig gemacht wird.

Ist daraus zu schließen, daß es auch ein falsches Pendeln gibt, das zu nichts oder, schlimmer noch, in die Irre führt? In der Tat, ja! Wir möchten die Gelegenheit nutzen, vor eben dieser »Pendeltechnik« zu warnen, nicht zuletzt auch deshalb, weil sie in Form sogenannter Fernlehrgänge nebst Zubehör seit geraumer Zeit zu horrenden Preisen in Fachzeitschriften angeboten wird.

Der gutgläubige Besteller erhält als Gegenleistung für sein sauer verdientes Geld lediglich ein schlichtes Kopfkissen, wie es in jedem Warenhaus für wenige Mark erhältlich ist, und

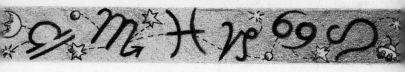

dazu einen als »Kurzuz« deklarierten, schlecht fotokopierten Zettel, auf dem einige undeutbare Strichzeichnungen abgebildet sind. Überschrieben ist dieses Machwerk (vermutlich fernöstlichen Ursprungs) mit »Penn Dell«. Den Zeichnungen sind Bildunterschriften zugeordnet wie »Kopf liegen auf Kassen«, »Penn«; »Wann Penn vorbei Kopf hieben von Kassen«, »gebleibene Dell von Kopf deuten: lings gehschlafen, röchts gehschlafen, Buach gehschlafen, Schlecht gehschlaffen.«

Mit dem Pendeln im klassischen Sinne hat dies natürlich definitiv nichts zu tun.

Woran die Frage knüpft: Echtes Pendeln – was ist das? Zunächst haben wir hier zwischen dreierlei Arten zu unterscheiden. Da ist zum einen das Pendeln des Pendels der Uhr, beispielsweise das eines Regulators, ein Vorgang, den man auch als »Pendelschlag« bezeichnet. Seine Besonderheit liegt darin, daß er auf zweiseitigen Ausschlag (Pendeln) reduziert ist. Was also bedeutet: Das Pendel schlägt, ist es erst einmal in Gang gesetzt, von einer gedachten Mitte (der sogenannten Lot- oder Senkrechten) zunächst nach links und dann nach rechts, darauf wieder zurück und so weiter.

Abhängig davon, wie das Pendel in Gang gesetzt wird, kann es auch zunächst nach rechts und dann nach links, darauf wieder zurück und so weiter schlagen. Der Nutzen dieser Pendeltechnik ist, wie unschwer deutlich geworden sein dürfte, gering, da er ja nichts weiter als ein stetiges Vor und Zurück bzw. ein Hin und Her ohne individuelle Aussagekraft vor Augen führt.[1]

Weitaus persönlicher – und folgerichtig höchst tages-

---
[1] Außer acht gelassen sei hierbei die doch vornehmlich akustische Verdeutlichung des Zeitvergehens

aktuell – ist jene andere Pendelmethode, derer sich Abermillionen Menschen weltweit erfolgreich bedienen. Wer einmal zu früher Stunde in die Vororte der großen Städte hinausgefahren ist, vielleicht gar hin zu Dörfern, die in deren Einzugsbereich liegen, den wird die Unmenge der sogenannten Pendler in Staunen versetzt haben.

Mit beispielhafter Gelassenheit und Ergebenheit fügen diese sich in das Schicksal, das ihnen Beförderungsmittel wie Bahn und Bus, aber auch das vielgeschmähte Auto nebst den zu benutzenden Autobahnen oder Straßen bereitet. Hier beweist sich, welch ungeheuren Einfluß das Pendeln auf das Leben des Individuums hat und in welcher Abhängigkeit dieses sich von jenem befindet.

Indes haben wir es auch bei dieser Methode mit einem Vorgang zu tun, der auf ein Hin und Her, wiewohl zeitlich versetzt, beschränkt ist. Gewiß: Der Pendler erhält zwar eine relativ exakte Auskunft über seine Ankunft. Offen bleibt aber infolge des Einwirkens höherer Mächte, ob er zum Zeitpunkt dieser angekündigten Ankunft denn tatsächlich eintrifft.

Und damit zur dritten, der eigentlich relevanten Pendelart. Diese versinnbildlicht in jedweder Hinsicht, daß unser Leben wahrhaftig an einem Fädchen hängt. Ein Fädchen nämlich brauchen wir zur Ausführung der Pendelverrichtung. Die Länge sollte zwischen 5 und 30 Zentimeter betragen, womit, wenngleich nur indirekt, ein symbolischer Bezug zur Lebenslänge hergestellt wird.

Es – das Fädchen – kann aus Seide, Baumwolle, Flachs oder Leinen sein. Ja, selbst ein Frauenhaar, ein dünnes Silberkettchen oder ein synthetisch gezogenes, kunstseidenes Fädchen erfüllt diesen Zweck durchaus.

Um nun aus dem Fädchen ein Pendel zu machen, benötigen wir einen Gegenstand wie z. B. einen Ring, ein Lot, eine Münze oder einen Stein, der an dem einen Ende des Fädchens zu befestigen ist und ein Gewicht zwischen 30 und 50 Gramm haben sollte.

Das andere Ende nehmen wir zwischen (soweit vorhanden) Daumen und Zeigefinger, vorzugsweise der linken Hand. Fehlen sowohl diese wie jene, ist auch der Gebrauch anderer Finger bzw. der anderen Hand statthaft, und wo letztere wie erstere nicht zur Verfügung stehen, kann man sich durchaus zum Pendelfesthalten des Mundes bedienen. Dies selbst dann, wenn Sie beispielsweise Gebißträger sind und vielleicht gerade Ihren Zahnersatz in die Inspektion gegeben haben. Die Lippen tun es nämlich auch.

Nach diesen notwendigen Darlegungen nun zum eigentlichen Pendeln, den erforderlichen Vorbereitungen, der Technik und seinen Deutungen.

Zu Beginn des Pendelns setzen oder stellen wir uns nunmehr allein (es ist sehr wichtig, vor den Blicken Neugieriger geschützt zu sein!) mit dem Rücken nach Norden und dem Gesicht nach Süden. Wer wegen seiner Anatomie Probleme damit hat, sollte zuvor eine entsprechend korrigierende Pendelgymnastik machen.

Und jetzt beginnt das Pendeln an sich. Allerdings erst, nachdem wir gewissenhaft dafür gesorgt haben, alles aus dem Pendelraum zu räumen, was ein schädliches Od haben könnte, weil nämlich andernfalls die beim Pendeln freigesetzte positive Odkraft, die uns die Zukunft weisen soll, behindert wird bzw. nicht zu uns dringen kann.

Im Klartext bedeutet dies: Linoleum, Gummi, weißes Papier,

Porzellan, aber auch Glas – wie etwa Fensterscheiben und dergleichen – sind beiseite zu schaffen. Ein Schnellspediteur, dessen Anschrift Sie dem örtlichen Branchenverzeichnis entnehmen können, wird Ihnen dabei gerne sehr kostengünstig helfen.

Damit steht dem Pendeln im Prinzip nichts mehr im Wege, sofern im Anschluß an die zuvor dargelegte Räumungsaktion (oder gleichzeitig mit dieser) sichergestellt wurde, daß sich nichts Metallisches am Körper des Pendlers und in seiner Umgebung befindet.

Zwingend ist – dies kann nicht deutlich genug gesagt werden – eine absolute Metallfreiheit des Tisches, über dem gependelt wird.

Es leuchtet wohl ein, daß ein Metalltisch deshalb völlig ungeeignet ist, überdies, daß aus dem vorhandenen Tisch alle Nägel und/oder Schrauben entfernt und desgleichen etwa integrierte Schubladen, die z. B. Messer, Gabeln und Löffel enthalten, metallbereinigt werden müssen.

Nach diesen wenigen, aber wichtigen Vorbereitungen, die zum Glück im Handumdrehen zu erledigen sind, gibt es für ein erfolgreiches Pendeln keine zu berücksichtigenden Hindernisse mehr. Denn gewiß haben Sie ja daran gedacht, sich zuvor von Verunreinigungen durch fremdes Od zu befreien. Falls nicht, nutzen Sie die Gelegenheit und waschen Sie sich gründlich, möglichst den ganzen Körper.

Solchermaßen gereinigt und erfrischt können wir gelassen die das Pendeln einleitenden Exerzitien angehen. Dies bedeutet: Man stellt sich mit dem Pendel ordnungsgemäß (siehe vor) hin, entspannt sich und atmet rhythmisch. Sobald der richtige Rhythmus erreicht ist, begeben wir uns mit geschlossenen

Knien in die Hocke (das Gesicht bleibt dabei natürlich nach Süden gerichtet) und gehen dann gaaaanz laaaaangsam wieder in die Höhe.

Bei diesem Vorgang führen wir demagnetisierende Striche seitlich vom Körper weg bis zu den Schläfen und über den Kopf hinaus aus. Das ist sehr wichtig, weil das Ergebnis des Pendelvorgangs sonst als absolut unzuverlässig gewertet werden muß.

Aus dieser grazilen Haltung bewegen wir die Arme außenbogenförmig abwärts und schütteln ganz kräftig unsere Hände (natürlich nur, falls vorhanden). Gleichermaßen verfahren wir mit Vorder- und Rückseite des Körpers. Ein anschließender Blick auf das entsprechende Spezialmeßgerät, das sogenannte Odometer[2], verrät uns, ob unser Leib tatsächlich entodet ist. Das bezieht sich selbstverständlich nur auf Negativod. Haben Sie versehentlich zuviel entodet (also auch ihr Eigenod) – das passiert Anfängern oft –, müssen Sie wieder von vorne anfangen. Das schadet aber nichts, weil Sie auf diese Weise den wichtigen, sehr intimen Umgang mit Oden aller Art erlernen.

Nach erfolgreichem Abschluß des Entodungsprozesses beginnen wir mit dem einübenden Schwingen des Pendels. Das kann sowohl von links nach rechts und umkehrt, als auch vor und zurück und umgekehrt oder hin und her und umgekehrt erfolgen. Ausschlaggebend dabei allein: Das Pendel muß pendeln!

---

[2] Das O. basiert nach dem Ausdünstungsprinzip. Sein Hauptbestandteil ist ein hochempfindlicher Geruchssensor, der dank einer überaus komplizierten Technik sehr wohl und fein zwischen stinknormalen Küchen- und Körperausdünstungen und den hochsensiblen Oden, die so manche Dichter verfaßt haben, unterscheiden kann.
Es gibt aber Situationen, dies sei warnend angemerkt, in denen sich das O. von den individuellen Oden angeödet fühlen kann. Dann versagt es total.

Ist das Pendel erst einmal ins Pendeln gebracht, sollte es dem Pendler leichtfallen, es im Kreise schwingen zu lassen. Dabei ist es zunächst gleich, ob dies linksherum oder rechtsherum geschieht. Nur schwingen muß es.

Wenn Sie sich Ihres Pendelns ganz sicher sind, rufen Sie Ihr Unterbewußtsein an. Das kann man sehr flott oder jovial tun, wie z. B. mit der Formulierung »Eh, du da. Hör mal zu!«, aber auch förmlich-höflich, wie »Hallo, mein Unterbewußtsein! Würden Sie mir bitte mal zuhören?« (Die Anredeart, dies sei nur der Vollständigkeit halber nachgetragen, hat keinen besonderen Einfluß auf den Ausfall der Antwort.)

Sobald nun Ihr Unterbwußtsein laut und vernehmlich mit »Ja« geantwortet hat, erklären Sie sehr entschieden, möglichst ihm Befehlston: »Ich stelle jetzt eine Frage! Ist die Antwort »Ja«, laß (lassen Sie) das Pendel im Uhrzeigersinn schwingen!«

Damit haben Sie Ihrem Unterbewußtsein klargemacht, wer das Sagen hat, worauf mit dem Fragen begonnen werden kann. Die Erfahrung lehrt allerdings, daß vor der Stellung der wirklich relevanten Fragen ein paar Testfragen gestellt werden sollten. Mit diesen läßt sich überprüfen, ob Ihr Unterbewußtsein mit einem ehrlichen »Ja« geantwortet hat oder Sie auf den Arm nehmen will.

Sie könnten z. B. fragen »Gibt es mich?«, und lassen zur Kontrolle Ihr Pendel im Gegenuhrzeigersinn schwingen. Meint Ihr Unterbewußtsein es ehrlich, wird das Pendel umgehend im Uhrzeigersinn zu schwingen beginnen. Ist dies nicht der Fall, lassen sich daraus drei mögliche Schlußfolgerungen ziehen: Entweder verarscht Ihr Pendel Sie, oder Sie haben etwas nicht kapiert, oder es gibt Sie nicht.

Dadurch sollten Sie sich aber keinesfalls beirren lassen,

denn schließlich geht es ja um Ihre Zukunft. Und es müßte schon mit dem Teufel zugehen, wenn die nicht in den Griff zu bekommen wäre. Machen Sie also unverzagt bis zum Abwinken weiter.

Gleichermaßen zuverlässige Ergebnisse wie mit dem Pendel erreicht man im Umgang mit der Wünschelrute. Letztere findet allerdings vornehmlich bei speziellen Deutungs- oder Suchaufgaben Anwendung.

Der diesen Abschnitt einleitenden Formulierung werden Sie bereits entnommen haben, daß mit der Wünschelrute umzugehen ist, um Antworten auf bestimmte Fragen zu bekommen. Bleibt also nur kurz zu erläutern: Was ist eine Wünschelrute, und was muß man wie tun, um was zu erreichen?

Bei einer Wünschelrute handelt es sich um einen gabelförmigen, einen sogenannten Zwiesel-Ast von Weide, Erle, Haselstrauch, Kreuzdorn, Linde, Birke und ähnlichen Naturgebilden. Wie das mittelhochdeutsche Herkunftswort für Rute – »ruota« nämlich – erahnen läßt, wurden früher auch Ruten (= Schwänze) von Hunden, bevorzugt die von Schäferhunden, Dackeln und Bernhardinern, zum Wünscheln benutzt. Die heutigen Tierschutzgesetze verbieten unverständlicherweise die Verwendung die Ruten letzterer, obwohl sie, ein Gutachten aus jüngster Zeit bestätigt das ausdrücklich, außer zum Wünscheln bestenfalls noch zum Wedeln zunutze sind.

Diese vorwiegend hölzerne Wünschelrute also wird mit einer bestimmten Grifftechnik – darauf kommen wir gleich noch – gefaßt und führt den Wünschelrutengänger beispielsweise zu verborgenen Metallstücken, Erzen, Wasser und ähnlichem mehr.

Wozu ist dies gut? Für vielerlei Dinge, wie das folgende, ganz einfache Beispiel verdeutlicht. Selbst dem individuellst und sorgfältigst gestellten Horoskop wird nicht zu entnehmen sein, wo exakt sich die Wasserleitung des Klos eines Haushaltes befindet, in dem ein in einem beliebigen Sternzeichen Geborener wohnt. Diese Kenntnis ist etwa bei einer hoffnungslosen Toilettenverstopfung notwendig, weil Klempner oder Installateure nur selten sofort kommen, wenn man sie braucht.

Der des Wünschelrutengehens Kundige hat es da einfach. Er kann sich nämlich selbst helfen. Und damit zur Grifftechnik. Man unterscheidet den Kammgriff (dieser bedarf wohl keiner weiteren Erläuterung, da der Vorgang des Kämmens, mithin das Greifen des Kammes, als bekannt vorausgesetzt werden darf), den Ristgriff (der entspricht einem abgespreizten Kammgriff bei eingedrehten Händen), den Vorgriff (folgerichtig ein vorgerückter abgespreizter eingedrehter Handgriff) und den Eingriff. Dieser stellt dahingehend eine Besonderheit dar, als er vornehmlich beim männlichen Rutengänger Anwendung findet, der eine entsprechende Feinrippunterhose trägt.

Welche Griffhaltung auch gewählt sein mag: Man faßt seine Rute stets an den beiden kurzen gabelförmigen Ästen und hält sie so vor sich, daß der Stab senkrecht vom Körper absteht. In dem Moment, wo man sich – bleiben wir bei dem Beispiel – der Klowasserleitung nähert, wird die Rute unwillkürlich ausschlagen.

Die Heftigkeit und Intensität des Ausschlages hängt selbstredend von der Wünschelsensibilität des Rutengängers ab.

Im Wünscheln weniger erfahrene Rutengänger haben ihre ersten Erfolgserlebnisse zumeist, weil sie während ihres Um-

gangs bei Wasserhähnen, dem Seilzug (in Altbauten), Druckhebel oder Druckknopf der Klowasserspülung landen. Was wohl Beweis genug für die Unfehlbarkeit und Narrensicherheit dieser Zukunftsermittlungshilfstechnik ist. Am einfachsten, Sie probieren das Wünschelrutengehen wie das Pendeln gleich einmal selbst aus. Sie werden schon sehen, was Sie davon haben.

KURZEINFÜHRUNG IN DIE HANDVERLESEKUNST

So zuverlässig wie ein Horoskop, aber viel schneller und individueller!

Was tun, wenn im Leben einfach alles anders läuft, als uns das wissenschaftlich exakt ermittelte Horoskop angekündigt hat, und wir resignierend schließen müssen, die Sterne lügen doch!?

Sie sagen, so etwas gäbe es nicht? Aber gewiß gibt es das, auch wenn immer wieder behauptet wird, der betreffende Astrologe/die Astrologin habe in solchen Fällen einfach schlampige, unprofessionelle Arbeit geleistet oder seine/ihre Hausaufgaben nicht gemacht.

Natürlich ist eine solche Möglichkeit ebenfalls in Betracht zu ziehen. Wobei an dieser Stelle die klassisch-tragische Fehlhoroskopierung des aus falsch gelösten Kreuzworträtseln bekannten Astrologen Senil der Erwähnung bedarf, der dem absolut unbekannten Julius Gallenstein vorhersagte, er würde eines Tages ein berühmter Feldherr werden.

Gallenstein wurde in der Tat ein Feldherr, sofern man einen Bauern als solchen bezeichnen will. Das Schicksal geht indes seltsame Wege, wie man inzwischen weiß. Und so erstaunt es kaum, erfährt man, daß es ausgerechnet dieser Gallenstein

war, der mit seinem unglaublich widerlich und ekelhaft stinkenden Fensterfurz zu Prag den Dreißijährigen Krieg auslöste. Womit – dies nebenbei – die Öffentlichkeit endlich die Wahrheit über den Beginn des Dramas erfährt, behaupteten Historiker bisher doch immer, es habe sich um einen Fenstersturz gehandelt.

Aber zurück zu unserer eingangs gestellten Frage, die da lautet: »Was tun, wenn ...?«

Ganz clevere Zeitgenossen werden einfach den Astrologen wechseln und sehen, ob dabei Besseres herauskommt. Oder tragen Sorge dafür, daß alles ganz anders wird, indem sie anders werden. Einen solchen Vorgang der Veränderung bezeichnet man übrigens in astrologischen Fachkreisen als Metamorphose oder Transmutation.

Zu letzterem Wort sei ein kleiner Hinweis gestattet, da es hier zuweilen Unklarheiten gibt. Die in »Transmutation« enthaltene Silbe »muh« hat nichts mit dem sich solchermaßen artikulierenden Widerkäuer, gemeinhin bekannt als Kuh oder Rind, zu tun, ist also keineswegs ein unter Bauern im Grenzgebiet üblicher anderer Ausdruck für eine spezielle »Kuhübergangsstelle«. Ursache für diese häufige Verwechslung ist – es liegt auf der Hand – das Wort »Transformation«, das wiederum nicht mit der »Fermentation« verwechselt werden sollte.

Lassen wir's dabei und wenden uns einer Alternative der Zukunfts- und Schicksalsvorhersage und Deutung zu, die erheblich preiswerter und mindestens ebenso zuverlässig wie die Horoskopie ist, überdies aber weit individueller.

Aus der Kapitelüberschrift ist klar zu entnehmen, worum es geht: nämlich um die Handverlesekunst.

Die Hand – ein wundersames Ding

Bei der Hand handelt es sich um eine äußere obere Extremität des weiblichen wie männlichen Menschen, die sich im Normalfall am Ende eines Armes befindet. (Arme sind diese Dinger, die von den Schultern herabbaumeln und ohne Fortsetzung absolut keinen Nutzen hätten.) Diese Tatsache kann man sich leicht merken, indem man sich des geflügelten Wortes erinnert, das da heißt: »Das dicke Ende kommt noch!« Hiermit also ist die Hand gemeint.

Wenngleich die meisten Menschen derer zwei haben, bedeutet das nicht, daß die beiden gleichermaßen benutzt oder belastet werden. Bekanntlich gibt es ja Rechtshänder und Linkshänder. So kommt es, daß bei ersten die Linke häufiger ruht, bei letzteren folgerichtig die Rechte.

Unschön ist es, das bedarf an dieser Stelle ausdrücklicher Erwähnung, einem Menschen zum Vorwurf zu machen: »Du hast ja zwei linke Hände!«, selbst wenn das stimmen sollte. Nur: Ist der/die Betreffende nicht schon genug mit dem Umstand bestraft, daß beide Daumen nach rechts gerichtet sind? Bedenken Sie das bitte, wenn Ihnen solch üble Schelte über die Lippen zu kommen drohen sollte.

Der Begriff »Handverlesekunst« ist zugegebenermaßen etwas irreführend, denn für diese Zukunftsvorhersagetechnik brauchen wir vier Hände. Einmal die linke und die rechte Hand derer oder dessen, die oder der vorhergesagt werden soll, zum anderen die linke und die rechte Hand derer oder dessen, die oder der vorhersagen soll. Was zur Verdeutlichung vorher gesagt werden mußte.

Nun aber ins Detail. Im Ruhezustand wirkt so eine Hand

oberflächlich betrachtet ganz gewöhnlich. Ist sie entspannt, sehen wir – aus der Vogelperspektive – den sogenannten Handrücken und daran sich anschließend fünf Finger, von denen der fünfte aus der Reihe tanzt, weil er nicht nur Daumen heißt, sondern auch einer ist.

Etwas Unglaubliches geschieht aber, dreht man eine solche Hand im Ruhezustand um. Der Daumen, der – für dieses Beispiel haben wir eine rechte Hand ausgewählt – gerade noch nach links zeigte, ist plötzlich nach rechts gerichtet. An ein Wunder grenzt, was sich vor unseren Augen vollzieht, wenn wir die Hand wieder umdrehen. Da zeigt der Daumen abermals nach links.

Erstaunlichweise ist das bei der linken Hand genau umgekehrt. Betrachten wir nämlich deren Innenfläche im Ruhezustand, zeigt der linke Daumen nach links, deutet nach rechts, wenn wir die Hand umdrehen, und landet wieder links in der Ausgangsstellung. Fürwahr, die belebte Natur wartet mit immer neuen Überraschungen auf, sofern man Augen und Ohren hat, sie zu sehen und zu hören.

Vielleicht dämmert Ihnen jetzt langsam, welche Überraschungen Ihre Hände für Sie bereithalten, welch ungeheures Potential darin steckt.

Gewiß wird es Ihrer Aufmerksamkeit nicht entgangen sein, daß sich in den sogenannten Handflächen – die natürlich nicht im eigentlich Sinne flach sind – Linien befinden. Um deren Anordnung, Verlauf, Tiefe, Länge und Breite geht es unter anderem bei dieser Kunst. Sie nämlich verraten alles über das Gestern, Heute und Morgen ihres Besitzers.

Die Linien der rechten Hand geben detaillierte Auskunft über den schlechten Charakter, die der linken, was man alles

damit verkorksen kann. Moderne Chirognomisten (so die halbamtliche Bezeichnung für Handleserinnen und -leser, die hauptberuflich auf den Handlinienstrich gehen) vertreten eine ganz andere Auffassung, der wir uns nicht verschließen wollen.

Dieser Deutung zufolge, spiegelt die linke Hand die rechte Hirnhälfte wider, die so aufregende Fähigkeiten wie Emotionen und Intuition kontrolliert, die rechte Hand die linke, die Sprache, logisches Denken und ähnliches mehr steuert.

Nun sollte aus zwei linienarmen Händen nicht der voreilige Schluß gezogen werden, es handle sich bei deren Besitzer/in um eine/n Hirnarme/n, umgekehrt aus linienreichen nicht gefolgert werden, man habe es mit einem neuen Einstein zu tun. Der eine hat's, der andere nicht.

Zur Technik: Inzwischen wissen wir ja bereits, was eine Hand ist, wo eine Hand ist und wie sie aussieht. Was man mit dieser durchaus nützlichen Extremität sonst alles tun oder lassen kann, soll uns hier überhaupt nicht interessieren, weil der Rahmen dieses Buches einfach gesprengt werden würde. (Wer sich aber in diese Thematik vertiefen will, dem sei das große zweibändige je 1012 Seiten umfassende Standardwerk »Die Hand in der Praxis – Typen, Techniken, Tätigkeiten, Tauglichkeiten«, Teil I – linke Hand, Teil II – rechte Hand, empfohlen.)

Unterschied die unmoderne Wissenschaft noch sieben verschiedene Handmodelle, so kommt die moderne mit vier Grundformen aus. Diese setzen sich durch die Formen der Handteller und Finger sowie deren Länge voneinander ab. Aus den Grundformen lassen sich unendlich viele Mischformen ableiten, was die Trefferquote bei der Handverlesekunst

erstaunlich vergrößert, wenn man mit seiner Ausdeutung richtig liegt. Und das ist unter gewissen Umständen nicht auszuschließen.

Den ersten Eindruck, bekanntlich den bleibenden, vermittelt die Hand beim sogenannten Drücken. Hierbei handelt es sich einerseits um eine Höflichkeitsform, nämlich bei der Begrüßung sich zivilisiert gebender Menschen, andererseits um eine Sportart, ausgetragen als Wettbewerb zwischen weniger zivilisiert wirkenden Kraftprotzen.

Ein solcher Händedruck verrät mancherlei über den Handbesitzer. Ist die Hand schlaff, schwammig, fest, feist, feucht, füllig, fettig, filzig, strohig, holzig, glatt oder uneben? Drückt sie warm, kalt, freundlich oder ablehnend, vielleicht gar herablassend? Aus diesen Unterschieden resultiert unsere erste Prognose.

Wassermänner kann man zuweilen an ihren flossig-feuchten Händen erkennen, insbesondere dann, wenn sie gerade aus ihrem Element kommen, was aber keineswegs verallgemeinert werden darf.

Als nächstes interessiert uns die Form der Hände und die der Finger. Die können viereckig sein. Das läßt den möglichen Schluß zu, daß es sich um einen Handwerker handelt, der sich die Extremität im Zuge seiner Berufsausübung platt gehauen hat. Ist dies der Fall, sollte man den Betreffenden tunlichst nicht mit Aufgaben betrauen, wenngleich die Eckigkeit auf Liebe zum Detail bei der Arbeit deutet.

Konische oder runde Finger haben Menschen, die Schönheit und Harmonie lieben. Spatelfinger finden sich bei Witzbolden, spitze Finger bei geistvollen Zeitgenossen, lange Finger bei Dieben – allerdings nicht nur.

Viereckige Hände sind übrigens auch ein Markenzeichen für Hartnäckigkeit, Vorurteile und übergroße Vorsicht. Solche Menschen sind sowohl Bürotypen als auch Frei- und Frischluftschaffende, wie etwa Maurer, die dank dieser Handform glatt auf die Mörtelkelle verzichten können, oder schlagkräftige Holzfäller, die zur Ausübung ihres Gewerbes nicht einmal eine Axt brauchen.

Eine runde Hand macht zwar einen hübschen Eindruck, ist aber ziemlich unpraktisch, weil darin so mancherlei Dinge keinen Halt finden. Wer eine solche Hand am Arme mit sich führt, kann als intelligent und auffassungsfähig eingestuft werden, als jemand, der Routine nicht mag.

Diese Form, die übrigens überwiegend bei Frauen zu finden ist, verrät andererseits eine Tendenz zu Charaktereigenschaften wie Widersprüchlichkeit und Oberflächlichkeit. Vorsicht also bei runden Händen!

Das über die Spatelfinger Gesagte gilt auch für die Spatelhand. Bleiben die spitzen Hände, die auch »medial« genannt werden. Das Besondere an solch spitzhändigen Menschen: Sie sind zwar sensibel und verträumt, aber zugleich extrem reizbar und außerordentlich stimmungsabhängig. Vor allem aber nehmen sie gern ihre Migräne dann, wenn's ihnen gerade in den Kram paßt, was heißt – wenn etwas nicht nach ihrem Willen geschieht. Vorsicht also auch vor Spitzhändern!

Wenden wir uns nun dem Bereich der Hand zu, den wir eigentlich lesen wollen und müssen, der Handfläche also.

Das ist eine ganz bemerkenswerte Körpergegend, die sich durch eine eigenständige Landschaftsform, eine Zusammensetzung von Bergen und Tälern quasi, auszeichnet. Und tatsächlich reden wir hierbei von Bergen.

Da haben wir zuerst einmal den Venusberg unterhalb des Daumens. Ist dieser stark ausgeprägt, können Sie Gift darauf nehmen, daß sein/e Besitzer/in förmlich Dampf in der Hose hat. Dies verweist nämlich auf einen extrem ausgeprägten Sexualtrieb. Wo nur ein Venushügel oder etwa gar nichts zu sehen ist, nun ja, da ist eben nichts – oder zumindest nicht viel.

Nach dem Neptunberg hat schon mancher Handverleser vergeblich gesucht. Angeblich soll er nur selten vorkommen. Da wir uns hier aber nicht mit Raritäten befassen, überspringen wir ihn. Sollte er Ihnen wider Erwarten aber begegnen – fragen Sie ihn doch einfach selbst, was er zu sagen hat.

Ein beachtlicher Teil der Handfläche wird als »Marsberg« bezeichnet. Er gliedert sich in den oberen und unteren Marsberg sowie die Marsebene. Interessanterweise ist dies genau die Stelle der Hand, in der üblicherweise ein gräßlich süßes, kalorienreiches, widerlich klebriges schokoladenüberzogenes Laborfooderzeugnis schmelzend seine Spuren hinterläßt, das vorgeblich verbrauchte Energie zurückbringt. Diese Logik – das haben Handverleser herausgefunden – entbehrt jeder Grundlage, vielmehr ist das genaue Gegenteil der Fall. Man verbraucht nämlich jede Menge Energie, um die unästhetische und überdies absolut geschmacklose Schweinerei wieder von der Hand zu bekommen.

Doch zur Analyse. Ein hübsch entwickelter oberer Marsberg läßt auf die Fähigkeit schließen, daß sich jemand auch unter schwierigsten Bedingungen zurechtfindet. Etwa nach der fristlosen Kündigung eines Arbeitsverhältnisses wegen Unterschlagung oder Veruntreuung. Wer mit einem soliden oberen Marsberg ausgestattet ist, findet garantiert einen neuen Job,

der es ihm ermöglicht, noch mehr Moneten zu unterschlagen oder zu veruntreuen.

Ein ausgeprägter unterer Marsberg ist auch nicht schlecht, was die Gesamtperspektive betrifft. Er deutet auf Aktivität und Mut, ja im Extremfall gar Aggressivität hin. Deshalb unser Rat: Die unteren Marsberge immer sorgfältig prüfen und sich auf Überraschungen gefaßt machen.

Diese erlebt man häufiger, wenn man sich in die Marsebene begibt. Ist sie hoch, empfiehlt sich Vorsicht, weil Menschen mit hoher Marsebene ausgesprochen anmaßend und stolz sind. Das lassen sie einen auch spüren.

Der unter dem Zeigefinger (auch Jupiterfinger genannt) liegende Jupiterberg – oha! Wenn der in die Höhe ragt, ist Fairplay angesagt, zumindest immer dann, wenn es um das Wohlergehen des Bergbesitzers geht. Ragt er sehr hoch auf, könnte das Indiz für Stärken und Schwächen sein, oder einfach eine Mißbildung des Bereiches.

Ein ganz schlimmer Finger ist der dem Saturn zugeordnete, den man gemeinhin Mittelfinger nennt. An seiner Wurzel hebt sich der Saturnberg. Ein hoher verrät, daß den Handinhaber Probleme des täglichen Lebens nicht die Bohne stören. Überdies glaubt er felsenfest. Nicht an irgendwas, sondern an sich.

Ähnliche Deutungen erlauben der Apolloberg (unterm Ringfinger) und der Merkurberg (unterm kleinen Finger), abhängig von ihren jeweiligen Höhen und Tiefen. Blöderweise liegen die, ebenso wie die anderen, häufig derart ungünstig verteilt, daß man überhaupt nicht weiß, was wohin gehört. In solchen Fällen ist es ratsam, eine Alpenkarte im Maßstab 1 : 25000 zu Rate zu ziehen, nach der nächstgelegenen Almhütte Aus-

schau zu halten, sich auf dem kürzesten Wege dorthin zu begeben und sich einen reinzupfeifen, bevor man völlig durchdreht.

Soviel zu den Bergen. Nun sind die Linien dran, auf die Sie natürlich die ganze Zeit schon voller Ungeduld gewartet haben. Und das ist auch gut so. Jeder Designer weiß, daß nichts über eine anständige Linienführung geht, wenn aus einem Entwurf etwas Gescheites werden soll.

Merken wir uns: Je klarer die Handlinien, desto deutlicher der Fall. Und weiter: Je weniger Brüche, Ketten und Inseln, desto schöner und unkomplizierter das Leben des/der Handverlesenen.

Was heißt das aber im Klartext? Im Prinzip dies, nämlich, daß mit dieser Frage überflüssigerweise eine Menge anderer überflüssiger Fragen aufgeworfen worden sind, die sich dem normalen Menschen überhaupt nicht stellen. Andererseits behauptet ja auch niemand, bei Handverlesern handele es sich um normale Menschen.

Die wohl wichtigste Linie ist die Kopflinie, die quer über die Handflächenlandschaft führt. Sie kann klar und stark oder undeutlich und schwach sein und ist in den Ausführungen gerade und gekrümmt erhältlich. Als Sonderausstattung ist zudem die sogenannte Schriftstellergabel lieferbar.

Nun zur Deutung: Starke Kopflinie bedeutet starker Kopf, schwache folglich schwacher Kopf – was nicht mit Schwachkopf gleichgesetzt werden sollte!

Ist die Linie gerade, ist es der Mensch auch. Kurze gerade Kopflinien deuten auf einen gewissen Hang zum Gelde und dem Verdienen desselben. Sollten Sie in Ihrem Bekannten-, Freundes- oder Verwandtenkreis ein paar Bankiers haben,

schauen Sie spaßeshalber mal bei denen nach. Sie werden überrascht sein.

Krumme Kopflinien deuten auf krumme Menschen. Wenn also jemand gebückt läuft, ist das ein untrügliches Indiz dafür, daß er unter einer gekrümmten Kopflinie leidet. Da kann auch kein normaler Arzt helfen. Es gibt allerdings Spezialisten, die solche Linien operativ begradigen. Das hat eine Aufrichtung des oder der Betreffenden zur Folge. Nicht verschwiegen sei, daß dieser Spaß eine Kleinigkeit kostet. Krankenkassen werden die Rechnung dafür kaum übernehmen.

Eine wunderbare Einrichtung ist die bereits erwähnte Schriftstellergabel. Sie heißt deshalb so, weil Schriftsteller, die bekanntlich ja meist am Hungertuche nagen, sofern sie keine Bestsellerautoren sind, natürlich auch eine Gabel brauchen. Die aber wird ein mittelloser Schriftsteller sich nicht leisten können. Deshalb hat die Natur es ganz praktisch eingerichtet und ihm gleich eine Gabel in die Hand gegeben. Ein netter Zug!

Wohl jeden dürfte vorrangig interessieren, was es mit der Lebenslinie auf sich hat. Das ist verständlich. Sie gibt Auskunft darüber, wie und wie lange ein Mensch lebt, ob er gesund oder krank ist und dergleichen mehr. Als Faustregel merken wir uns: Diese Linie muß eng und tief sein, wenn aus dem oder der Betreffenden etwas werden soll. Ist sie das nicht, taugt er/sie nichts.

Außerdem gilt: Kurze Linie, kurzes Leben, lange Linie, langes Leben, keine Linie – nicht vorhanden. Das ist leicht nachprüfbar, wenn Sie sich die kleine Mühe machen und versuchen, jemanden ohne Lebenslinie zu finden.

Wichtig ist auch die Herzlinie. Sie gibt Auskunft darüber, ob man ein Herz hat – z. B. eins für Tiere –, und beeinflußt

unsere Gesundheit. Pflegt man seine Herzlinie schön regelmäßig, kann man sich so manchen Arztbesuch sparen.

Abhängig von der Lage dieser Linie sind alle möglichen Rückschlüsse denkbar, etwa, ob es sich um einen romantischen Menschen handelt, einen verlotterten oder gar unmoralischen. Eine zerrissene Herzlinie deutet auf zerrüttete Verhältnisse. Vorsicht übrigens, wenn die Herzlinie beim Saturnberg beginnt. Entdecken Sie als Handleser diese bei einem Mann, können Sie sich darauf gefaßt machen, gleich geküßt und möglicherweise vernascht zu werden. Einer Handleserin dürfte dies beim Studium der Hand einer Frau widerfahren.

Zusammengefaßt kann man also sagen: Die Herzlinie verrät alles über das Sexual-, Gehühls-, Liebes- und Intimleben.

Durch dieses Linienstudium haben wir mittlerweile alles erfahren, was wir wissen müssen. Jetzt kommt es darauf an, die einzelnen Faktoren den entsprechenden Zeiten zuzuordnen. Das ist eine ziemlich einfache Sache.

Dazu benötigen wir nichts weiter als ein Lineal oder einen Zollstock sowie Bleistift und Papier, die wir ja gewiß noch von unserer Horoskopverstellungsübung irgendwo liegen haben.

Mehrere Blatt Papier werden fein säuberlich auf einer ebenen Fläche ausgebreitet. Dann nehmen wir nacheinander die einzelnen Linien aus der Hand, deren Leben akkurat dargelegt werden soll, und ordnen sie genau so, wie sie in der Hand waren, auf dem Papier an.

Anfang und Ende der Linien kennzeichnen wir mit kleinen Strichen, womit sie fixiert sind, und geben die Linien vorsichtig wieder zurück. Dabei darauf achten, daß sie nicht herunterfallen! Erfahrungsgemäß findet man sie nur schwer wieder,

weil sie so fein sind. Schlimmer noch wäre es, würde man beim Suchen versehentlich darauf treten. Dann sind sie hin.

Wir verbinden nun die Anfangs- und Endstriche der einzelnen Linien auf dem Papier miteinander. Daraus ergeben sich ganz erstaunliche geometrische Muster, die sich später – Tip für Ästheten – gerahmt auch als origineller Wandschmutz eignen.

Auf den entstandenen Linien, die ja mit den Originallinien identisch sind, tragen wir Millimeterskalen an. Das bedeutet, daß wir Millimeter um Millimeter auf den Linien kleine feine Striche machen. Je kleiner und feiner, desto besser. Sind die Striche nämlich zu dick und breit, stimmt unsere ganze Handverlesung nicht.

Schließlich ziehen wir noch ein paar Hilfslinien, damit alles in einen ordentlichen Bezug zueinander kommt. Eine Hilfslinie verbindet Jupiter- und Saturnfinger mit der Lebenslinie. Deren Schnittpunkt entspricht erfahrungsgemäß dem 20. Lebensjahr des Handbesitzers. (Ist er noch nicht so alt, Pech gehabt.) Darauf zählen wir die folgenden Lebenslinienmillimeter ab. Ergibt sich aus der Rechnung, daß der/die Betreffende nur 28 Jahre alt wird, einfach ignorieren und anders rechnen, damit ein anständiges Alter herauskommt.

Ähnlich verfahren wir bei der Berechnung der Schicksalslinie. Hier muß zunächst aber festgestellt werden, wo wir mit der Rechnerei anfangen. Falls uns dazu nichts einfällt, beginnen wir in der Mitte, die immer gut ist. Und dann deuten wir nach oben und unten bzw. vor und zurück. Auf diese Weise erhalten wir ein ziemlich klares Schicksalsbild.

Fehlt nur noch die Auslegung der Kopflinie. Dazu brauchen wir gleich zwei Hilfslinien. Die eine verbindet den Jupiter- mit

dem Saturnfinger, die andere führt zu einem anderen Punkt. Wiederum entsteht ein Schnittpunkt, bei dem wir ansetzen können.

Ist auch dies geschafft, bleibt uns nichts weiter, als die Ereignisse auf dieser Linie zu bestimmen.

Zum Schluß eine ernste Warnung und Mahnung, die Sie beherzigen sollten: Bedenken Sie stets, daß nichts von all dem, was Sie in den Linien finden, »zufällig« ist, denn Zufall gibt es nicht. Versuchen Sie darum auch gar nicht erst, etwas zu beschönigen, wenn Sie beim Handverlesen auf entsetzliche Katastrophen stoßen. Was nützt das dem Betreffenden schon? Er/sie kann und wird seinem/ihrem Schicksal ja ohnehin nicht entrinnen. Das gilt auch für Sie! Und nicht vergessen: Ein Millimeter auf der Linie entspricht einem Lebensjahr – mehr oder weniger.

DAS TRAUM-
DEUTELN UND WAS
SIE DARAUS
FÜR SICH GEWINNEN
KÖNNEN

(Falls Sie richtig ziehen!)

Träume sind Schäume, weiß ein altes Sprichwort. Und in dieser Feststellung eben liegt unendlich viel Wahrheit, wenn wir denn das darin Enthaltene zu erkennen und zu nutzen vermögen.

Die Traumdeutung ist – wie könnte es auch anders sein? – eine Hilfswissenschaft im großen Komplex jener vielfältigen Disziplinen, die dazu dienen, unsere Zukunft bzw. die Erforschung derselben faßbarer zu machen. Dies bedarf ausdrücklicher Erwähnung, weil es immer wieder Menschen gibt, die blind und unbeirrbar an das eine oder andere glauben und dann enttäuscht sind, wenn es nicht eintrifft oder das genaue Gegenteil des Vorhergesehenen geschieht.

Davon indes werden wir verschont bleiben, wenn wir die Träume als das nehmen, was wir eingangs feststellten, als Schäume nämlich.

Schäume sind, dies vorweg, überaus nützlich, wie selbst eingefleischte Traumskeptiker zugestehen werden. Den Beweis für diese Aussage wollen wir gleich mit mannigfachen Beispielen belegen.

Zunächst sei hier der Schaum für die bei manchen Men-

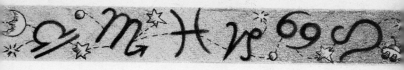

schen periodisch anstehende, bei anderen Menschen zuweilen gar dringend notwendige Haarwäsche erwähnt.

Gewiß, das Wort ›Shampoo‹ hat das urdeutsche Wort Schaum weitestgehend verdrängt, doch an dem In- oder Gehalt des Schaumes ändert dies nichts. Seine reinigende, entschuppende oder erleichternde Wirkung steht außer Frage. Und der Fernsehwerbung, die ja in gewisser Hinsicht als Hilfswissenschaft zu bezeichnen wäre, können wir entnehmen, daß solcherlei Haarschäume wiederum Träume Wirklichkeit werden lassen.

Etwa dergestalt, daß sich wahnsinnig elegante Menschen auf Flughäfen und anderen Standardaufenthaltsorten der großen weiten Welt nach nicht minder wahnsinnig eleganten Menschen (oder Menschinnen) umdrehen, die mit rassig gepflegtem Haar brillieren. Mag es sich bei den Gezeigten in Wirklichkeit auch nur um mutmaßlich in anderen Traumschaum verpackte Penner (Pennerinnen) handeln – hier bewahrheitet sich: Träume sind Schäume. Oder umgekehrt.

Unbestritten dürfte wohl der Nutzen von Schäumen zur Reinigung beispielsweise von Autos, Geschirr, Herdplatten, aber auch der profanen heimischen Toilette sein, wobei wir das Problem des Schaumabbaus unter dem Gesichtspunkt Umwelt einmal außer acht lassen wollen.

Ebenfalls der Erwähnung bedarf das sogenannte Schaumschlagen, wozu zweifelsohne Schaum vonnöten ist, um diese Tätigkeit überhaupt zu ermöglichen. Woraus ersichtlich ist: Es gibt viel zu schäumen! Träumen wir's an!

Nicht ganz unerheblich ist übrigens auch, daß wir mit unseren Schaumträumen manche Mark sparen können. Was natürlich voraussetzt, daß wir die Traumdeutung durch gezieltes

Training so in den Griff bekommen, daß der jeweils benötigte Schaum nach dem Aufwachen und richtiger Auslegung vorliegt.

Um das prinzipielle ›Wie‹ zu erlernen und Verständnis für die großen Zusammenhänge zu erlangen, wenden wir uns nunmehr zunächst den immer wieder überraschenden Traumgefilden zu.

Schon in uralten Zeiten wurde geträumt, wie wir heute wissen, lange vor der Erbauung der Pyramiden, der Krönung der Pharaonen und der Erfindung des Orakels von Delphi.

Womit aber haben wir es bei dem Phänomen Traum eigentlich zu tun? Träume, so sagt man, waren und sind Mitteilungen des Unterbewußtseins in verschlüsselter Form an unser Bewußtsein. Daraus ersehen wir, daß zum Träumen a) ein Unterbewußtsein und b) ein Bewußtsein erforderlich ist.

Verrückt an dieser Situation ist, daß das Bewußtsein ausgeschaltet sein muß, damit das Unterbewußtsein sich melden kann. Noch verrückter wird die Situation dadurch, daß das Bewußtsein anschließend wieder eingeschaltet sein muß, damit man weiß, daß das Unterbewußtsein sich gemeldet hat. Rein theoretisch muß hier also eine Wechselschaltung vorliegen, die durch einen Kippschalter ausgelöst wird. Streng genommen ist das auch so, allerdings mit der Einschränkung, daß unklar bleibt, wer diesen Kippschalter betätigt.

Vollends verwirrend wird das Ganze, weil man anschließend nicht weiß, ob man bei Bewußtsein war, als man träumte – was ja bedeutete, daß das Unterbewußtsein wegen des bereits eingeschalteten Bewußtseins nicht eingeschaltet sein konnte –, oder bei Unterbewußtsein. Und das hieße wiederum, daß man sich daran nicht erinnern dürfte, weil das

Bewußtsein das Unterbewußtsein nicht registrieren kann, aufgrund der Ausschaltung des ersteren und Einschaltung des letzteren.

Woraus man auf ein ziemliches Chaos im Kopf schließen darf, da das Bewußtsein nicht weiß, was das Unterbewußtsein tut und umgekehrt. Verborgen bleibt mithin, wie die Überleitung vom Unterbewußtsein ins Bewußtsein erfolgt. Womit wir – wie so oft im Bereich der Wissenschaften vom Schicksal – nicht mehr tun können, als diesen Tatbestand so hinzunehmen wie er ist. Eine zugegebenermaßen ziemlich kitzlige Situation.

Dennoch: Dies also ist unsere Ausgangsbasis, auf der wir frohgemut mit dem Ausdeuten beginnen könnten. Könnten deshalb, weil wir uns zuvor noch mit den verschiedenen Typen beschäftigen müssen. Das ist wohlgemerkt nicht zu verwechseln mit den Traumarten und den darin auftauchenden Symbolen oder Schäumen.

Die Oneiromanti, so der wissenschaftlich gestreckte Terminus für das Traumdeuten, kennt nämlich eine Vielzahl von Träumertypen (das sind weibliche wie männliche Träumer). Unterschieden wird z. B. zwischen Tag- und Nachtträumern, Stark- und Schwachträumern, Dick- und Flachträumern, Wesen- und Sachträumern, Intensiv- und Rezessivträumern, Wach- und Lachträumern und so weiter.

Abhängig vom jeweiligen Träumertyp kommt den Symbolen, in Folge dem Traumschaum also, bei allen rein oberflächlich vorhandenen Übereinstimmungen unterschiedliche Bedeutung zu.

Was heißt, daß etwa das Symbol Apfel im Traum eines Tagträumers eine völlig andere Bedeutung haben kann als das

Symbol Apfel im Traum eines Nachtträumers. Umgekehrt ist das logischerweise ebenso. Doch damit nicht genug: Ein Wachträumer, der Tomaten vor den Augen hat, sieht daran garantiert etwas völlig anderes als ein Wachträumer, der einen BH vor den Augen hat. In Konsequenz bedeutet dies, daß Traumsymbole abhängig vom Träumertyp zu relativieren, korrelieren und interpolieren sind.

Rein oberflächlich betrachtet, mutet dies wie alles Wissenschaftliche kompliziert an. Die Praxis hingegen ist absolut simpel.

Einmal angenommen, ein Träumer steigt zu nachtschlafender Zeit in sein Auto, und dies bei vollem Bewußtsein. Das jedenfalls glaubt er zu wissen. Aus irgendwelchen Gründen sieht er sich veranlaßt, auf die Bremse zu treten, und verfährt auch so. Dies meint er in seinem – wie er meint – bewußten Bewußtsein zu tun. Seltsamerweise funktioniert die Bremse in diesem Augenblick aber nicht, was zur Folge hat, daß er auffährt und in einem Krankenhaus wieder erwacht – falls er erwacht.

Was ist nun tatsächlich passiert? Der Träumer ist nachts Auto gefahren, allerdings nicht voll bei Bewußtsein, sondern voll bei Unterbewußtsein, was eine Folge von zuviel Alkoholgenuß gewesen sein kann. Vielleicht ist er gar unter- oder besser unbewußt ins Auto gestiegen und hat die Fahrt angetreten.

Statt sich aber, wie in solchen autobezogenen Träumen zur effektiven Schaumnutzung zwingend, auf eine anständige Wagenwäsche zu konzentrieren (einschließlich Unterbodenwäsche und Heißwachskonservierung), die ja bekanntlich überwiegend bei Stillstand des Fahrzeugs durchgeführt wird, hat er seinem Traum freien Lauf gelassen.

Wenden wir uns nun zwecks Vertiefung unserer Kenntnisse den wichtigsten Traumsymbolen bzw. Traumarten im einzelnen zu.

Da wäre zunächst das Träumen vom **Wetter**. Dererlei Träume haben immer mit unserer Einstellung zum Leben zu tun, sowohl damit, wie es ist, als auch damit, wie es sein sollte. Ein Wettertraum ermuntert zum Handeln. In der Praxis bedeutet dies: Träumen wir von Regen, empfiehlt sich nach dem Aufwachen die Mitnahme eines Regenschirmes (zwar nicht unter die Dusche, aber ansonsten schon).

Träumt man von Sonne, ist zur Präsenz eines Sonnenschirmes geraten. Bei Schnee könnten Ski oder Schlitten sich als nützlich erweisen. Mit Wasser will unser Unterbewußtsein in Erinnerung bringen, daß mal wieder dringend ein Bad fällig wäre. Denn vielleicht liegt es ja an Ihrem Körpergeruch, daß Ihre Kollegen und Kolleginnen Sie meiden.

Verfolgung im Traum bedeutet, man wird gejagt. Hier gilt es zu überlegen: Wer jagt mich und warum? Möglichkeiten sind: Habe ich Rechnungen unbeglichen belassen? Meine Steuer nicht bezahlt? Bin ich meinen Unterhaltszahlungsverpflichtungen nicht nachgekommen? Habe ich bei der standesamtlichen Trauung gekniffen? Kommt der Gerichtsvollzieher? Denken Sie stets daran: Der Traum will mahnen und warnen.

Mit **Tieren** ist es so eine Sache. Träumt man beispielsweise von einem Wolf und ist begeisterter Freizeitradfahrer, könnte dies Indiz dafür sein, daß man sich bei der nächsten Radtour einen Wolf fährt, was ja überaus schmerzhaft sein kann.

Erscheint einem im Traum ein Hund, besteht die Gefahr des Gebissenwerdens, zumal dann, wenn man dem Beruf des Briefträgers nachgeht. Ein Schaf ließe den Rückschluß zu, daß der Träumende blöd wie ein solches ist. Wohlgemerkt, das kann, muß aber nicht so sein.

Reiseträume, die in Katastrophen enden, etwa mit abstürzenden Flugzeugen, zusammenkrachenden Autos, untergehenden Schiffen und dergleichen mehr, lassen auf innere Spannungen schließen. Erfreulich daran: Diese Träume künden auch von einem halbwegs vorhandenen Gewissen. Dann nämlich, wenn ein derart Träumender Reiseveranstalter ist und in seinem Flugzeug-, Bus- und Schiffspark nur Schrottfahrzeuge hat. Ein Tip: Lassen Sie das fliegende, fahrende und schwimmende Gerät vorsichtshalber auf Verkehrstauglichkeit überprüfen.

Nacktheit im Traum läßt entweder auf Unsicherheit schließen oder auf Exhibitionismus. Zuweilen kommt es zu merkwürdigen Verwischungen bei solchen Nackträumen, da zwischen Traum und Wirklichkeit nicht mehr klar zu unterscheiden ist. Insbesondere FKK-Anhänger sollten sehr vorsichtig mit Nackträumen umgehen. Sonst kann es nämlich passieren, daß man sich splitterfasernackt in die Stadt begibt, wegen Erregung öffentlichen Ärgernisses eingebuchtet wird und sich wundert, daß man nicht aufwacht, weil man nämlich hellwach ist, aber zu träumen glaubte.

Von **Sex** träumen viele Menschen, wenn sie einen Korb bekommen haben. Artet die Sexualität in Gewalttätigkeit aus –

im Traume –, wird dringend die Konsultation eines Therapeuten empfohlen, der Ihnen etwas anderes zu Träumen geben wird.

Träume vom **Fliegen** können zwar recht lustig sein, deuten womöglich aber darauf hin, daß Sie in naher Zukunft gefeuert werden. Weshalb Sie Ihre beruflichen Leistungen einmal sehr selbstkritisch überprüfen sollten.

Schließen wir mit dem Träumen vom **Feuer**. Das ist eine heiße Angelegenheit, an der man sich die Finger verbrennen kann. Ist ein solcher Traum mit starkem Brandgeruch, Erstickungsanfällen oder ähnlichem verbunden, ist anzuraten, so schön das Feuer ansonsten auch sein mag, entschlossen aufzuwachen und zu versuchen, den Zimmer- oder Hausbrand zu löschen, den man dadurch verursacht hat, daß man mit einer brennenden Zigarette eingeschlafen ist.

Zusammengefaßt läßt sich feststellen: Träume sind für die Bestimmung und Prophezeiung unserer Zukunft durchaus nützlich, wenn man's richtig macht.

Ihr Leben in einer Zahl

Der Geheimschlüssel, der im Namen steckt

Haben Sie schon einmal überlegt, warum Sie gerade so heißen, wie Sie heißen? Wahrscheinlich nicht, aber Sie sollten es unbedingt tun. Und wenn Sie diese Frage an sich stellen – konkret also »Warum heiße ich eigentlich so?« –, empfiehlt es sich, dies in vollem Ernst zu tun, in der sicheren Erwartung einer Antwort, die nicht nur Ihre ganze Lebenseinstellung grundlegend zu verändern vermag, sondern Ihnen auch überraschende Lebenshilfe bieten kann.

Denn natürlich hat es einen tiefgreifenden Sinn, warum Sie heißen, wie Sie heißen. Die Sterne, die tagaus, nachtein über Ihnen wachen, haben sich dabei etwas gedacht. Nicht irgend etwas, sondern etwas ganz Bestimmtes. Ihr Name stellt nämlich gleichsam einen mystischen, kosmischen Schlüssel zu Ihrer ganz persönlichen, individuellen, einmaligen und mithin unverwechselbaren Vergangenheit, Gegenwart und – dies nicht zuletzt – der Zukunft dar.

Man kann, so verblüffend dies auch klingen mag, Namen und Zahlen in eine gewisse Verbindung miteinander bringen. Diese enthüllt auf ans Wunderbare grenzende Weise alles über Sie, sofern Sie denn willens und stark genug sind, die

sich daraus ergebenden ewigen Wahrheiten zu akzeptieren, ihnen zu folgen und nach ihnen zu handeln.

Von alters her – und womöglich noch länger – wissen die Eingeweihten, daß der Name des Menschen ein Abbild seiner selbst darstellt, etwas ist, das ihn zeit seines Lebens begleitet, selbst wenn er sich zu einer Änderung desselben entschließt. Erstaunlich, nicht wahr?

Da Namen nun ja bekanntlich aus Buchstaben zusammengesetzt sind, ist nichts weiter erforderlich, als einen Zusammenhang zu Zahlen zu schaffen, aus denen Namen zwar nicht zusammengesetzt sind, die man aber untereinander mit etwas Übung in Entsprechungen bringen kann.

Die Tragweite dieser Enthüllung wird Sie vermutlich entweder erschüttern oder zu ungläubigem Staunen veranlassen, womöglich zu Skepsis und Zweifel. Aber seien Sie versichert: Dazu gibt es keinen Grund, denn die Buchstaben und Zahlen, die der ernsthafte Astrologe als Kinder der Sterne zu bezeichnen pflegt, lügen ebensowenig wie ihre Eltern!

Wie ist dies möglich? Fragen Sie nicht nach dem Warum, sondern handeln Sie einfach. Befolgen Sie die völlig unkomplizierte Anleitung nach gründlicher Lektüre des durchaus einleuchtenden Beispieles und lassen Sie sich angenehm (oder unangenehm) überraschen, von dem, was in Ihrem Namen steckt.

Die faszinierende Geschichte einer sensationellen Entdeckung

Sie finden nachstehend eine zweidimensionale, technisch modernisierte und leicht überarbeitete Reproduktion jener

geheimnisvollen Tontafel, auf die ein Mitarbeiter des berühmten Britischen Museums zufällig während arschäologischer Grabungen beim Ausheben eines Plumpsklos stieß. Diese Tontafel war mit mancherlei Zeichen versehen, die dem Finder zunächst bedeutungslos schienen, da er sie einfach für Schmutz hielt und zu diesem Zeitpunkt viel drängendere Probleme hatte. Dann dämmerte ihm etwas, was daran lag, daß der Tag sich zu so später Fundstunde sehr schnell neigte und der Mond unerbittlich aufzugehen drohte.

In eben diesem Moment wurde die Wüste in seiner unmittelbaren Umgebung von einem gelbirisierenden Licht erfüllt, und eine unheimlich gepreßt klingende Stimme, die verblüffenderweise des Englischen mächtig war, fragte: »Dr. John, brauchen Sie noch lange?«

Der Angesprochene, es handelte sich um jenen Dr. John Fart, der später durch seine erstaunlich authentische Rekonstruktion des verschollenen Donnerbalkens von Gizeh bekannt werden sollte, blickte auf, wurde vom Licht der Taschenlampe geblendet und erkannte schlagartig, daß sein vermeintlich unwichtiger Fund doch etwas zu bedeuten hatte.

Dr. John Fart verschob das Nachdenken darüber aber vorerst, da er merkte, daß sein Kollege Prof. Dr. Nathan Cramp sichtlich litt und Erleichterung brauchte. So machte er Cramp Platz, nicht ohne zuvor den nunmehr immer geheimnisvoller anmutenden Tonscherben in Sicherheit gebracht zu haben, und kehrte ins Lager zurück. Dort machte er sich, ausgestattet mit einer Lupe, einem Konversationslexikon, einer Enzyklopädie über die Drosophila und einer Flasche uralten Whiskys, an die im Laufe der Nacht immer mühsamer werdende Entzifferung.

Bei einsetzender Morgendämmerung, die als Folge von übermäßigem Alkoholkonsum vergleichsweise spät begann, wußte der Arschäologe endlich, worum es ging, welch sensationellen Fund er gemacht hatte, und was vor ihm lag. Nicht mehr und nicht weniger nämlich als

das geheimnisvolle altmesepotamische Zahlenschloß mit dem passenden Buchstabenschlüssel

1	2	3	4	5	6	7	8	9
A	B	C	D	E	F	G	H	I
J	K	L	M	N	O	P	Q	R
S	T	U	V	W	X	Y	Z	

Welche Bewandtnis hat es nun mit diesem? Obige Tabelle besteht – ein kurzer Blick darauf wird Ihnen das bestätigen – aus Zahlen und Buchstaben, wobei letztere der besseren Lesbarkeit halber denen des lateinischen Alphabets entnommen wurden (oder ist Ihr Name vielleicht auf Altmesopotamisch geschrieben?).

Jeder Zahl (das sind die Dinger in der oberen Reihe) sind nun spaltenweise (darunter versteht man das, was senkrecht runtergeht) Buchstaben zugeordnet, wobei es in der jetzigen Betrachtungsphase noch ohne Belang ist, ob es sich bei diesen um Vokale oder Konsonanten handelt. Um das noch deutlicher zu machen: In der ersten Zeile der ersten Spalte finden Sie die 1 und darunter den Buchstaben A. Das ist aber nicht als 1A zu lesen und hat damit auch nichts mit Handelsklassen für Tontafeln zu tun, sondern soll so verstanden werden, daß die 1 dem A entspricht.

Ist dies erst begriffen, ergibt sich alles weitere von selbst. Aber dennoch hier die angekündigte Anleitung an einem Beispiel.

So wird's gemacht

Gesetzt den Fall, Sie heißen Fritz Meier. Schreiben Sie Ihren Namen einfach Buchstabe für Buchstabe nieder, suchen Sie darauf entsprechend der Tabelle die zu den Buchstaben passenden Zahlen heraus und schreiben Sie diese darunter bzw. darüber. Aber nicht irgendwie, sondern so, daß oben die Zahlen der Vokale, unten die der Konsonanten stehen. Die sich daraus ergebenden Zahlenreihen addieren Sie und schreiben die Ergebnisse rechts daneben. Das sieht dann wahrscheinlich so aus, wenn Sie richtig gesucht und gefunden haben:

```
  9        5 9 5    = 28
F R I T Z M E I E R
6 9   2 8 4       9 = 38
```

Jetzt ist nichts weiter zu tun, als die ermittelten Zahlen weiter zu zerlegen, damit Sie am Ende eine Zahl zwischen 1 und 9 bekommen, also 28 = 2 + 8 = 10 = 1 + 0 = 1 bzw. 38 = 3 + 8 = 11 = 1 + 1 = 2.

Die Ergebnisse der beiden Reihen addieren Sie wieder. Hier demnach 1 + 2, was üblicherweise 3 ergibt. Dies wäre die Zahl Ihres Schicksals, sofern Sie Fritz Meier heißen.

Nachzutragen ist, daß es zwei Ausnahmen gibt, bei denen keinesfalls weiter zerlegt oder addiert werden darf. Das Er-

gebnis wäre nicht nur ein Zerrbild, sondern zöge katastrophale Folgen nach sich. Es sind dies die 11 und die 22.

Wie läßt sich das nun praktisch anwenden? Diese Frage hatte sich Dr. John Fart auch gestellt, ohne aber zunächst eine Antwort darauf zu finden. Ihm war klar, daß er zwar Schloß und Schlüssel hatte, aber irgendwie machte das keinen Sinn. So begab sich der Wissenschaftler hoffnungsvoll wieder an den Fundort, diesmal begleitet von einem Gräbertrupp, nachdem deren Gewerkschaft »Ton, Scherben, Sand« ihre Einwilligung zum Einsatz nach Vereinbarung einer außertariflichen Zulage wegen erschwerter Bedingungen (Plumpsklo) gegeben hatte, und ließ wühlen.

Die Gräber wurden fündig – andernfalls wäre es vermutlich unmöglich, Ihnen das nachfolgende Ergebnis zu präsentieren –, und Dr. Fart machte sich wiederum an die beschwerliche Aufgabe, Tonscherben zu entziffern, was ja praktisch bedeutete, einen Schlüssel zum Schloß des entschlüsselten Schlosses zu finden, mithin also entweder einen Schlüsselschloßschlüssel oder einfach ein Schloßschlüsselschloß. Das gelang Dr. John Fart auch zum Glück noch vor seiner Umnachtung. (Augenzeugen zufolge muß das kurz nach Sonnenuntergang gewesen seir.) Deshalb können wir Ihnen hier also den »numerologischen SSS«, wie er unter Fachleuten abgekürzt heißt, exklusiv vorlegen.

Das entschlüsselte altmesopotamische Zahlenschloß

1	aktiv
2	verträumt
3	kreativ

4	konstruktiv
5	imperativ
6	sensibel
7	autark
8	passioniert
9	idealistisch
11	ambitioniert
22	charismatisch

Was bedeutet das nun für den mit einer passenden Zahl ausgestatteten Menschen von gestern, heute oder morgen? Ganz einfach, daß Sie sich mittels Ihrer Zahl einem anderen kurz und bündig vorstellen können und damit – ergänzend zum jeweiligen Horoskop – alles über Sie gesagt ist, was gesagt werden muß. Damit aber nicht genug: Sie können, sofern Sie die Zahl des anderen kennen, auf Anhieb feststellen, wie er ist und ob Sie mit ihm oder ihr auskommen. Mehr noch: Die ermittelten Zahlen kann man wiederum addieren, subtrahieren, multiplizieren oder gar dividieren, was alle nur denkbaren Kombinationen zur Folge hat, je nachdem, welche Rechenmethode Sie anwenden.

Und auch dies ist noch nicht alles: Ihre ganz persönliche Zahl kann selbstverständlich Ihre Glückszahl sein. Haben Sie zum Beispiel für sich die »7« ermittelt, auf einer Tombola ein Los mit der Losnummer 7 gekauft, und darauf entfällt ein Gewinn, so steht Ihnen dieser zu. Darum sollten Sie sich am besten gleich hinsetzen und Ihre Rechenaufgaben machen.

Die erotischen Geheimnisse des schwarzen Mondes

In allen sternenkundigen Völkern maß man dem Nachtgestirn besondere Bedeutung zu, wofür zweifellos Hauptgrund war, daß man nicht hinter den Mond schauen konnte. Jahrhundertelang fragte man sich neugierig, was dahinter stecken möge, ob er vielleicht etwas zu verbergen habe.

Natürlich wissen wir heute, daß dem nicht so ist. Hinter dem Mond geht es einfach in zig Richtungen weiter. Die Raumfahrt hat in diesem Punkt völlige Aufklärung gebracht, ohne daß sie es indes vermocht hätte, diesen Planeten zu entmystifizieren. Im Gegenteil.

Ganz nüchtern betrachtet, hat der Mond eine Vorder- und eine Rückseite, womit er sich durch nichts von anderen Himmelskörpern unterscheidet. Und er geht, eingehende wissenschaftliche Untersuchungen bestätigen das, unbeirrt seine Bahn, dreht sich allerdings dabei nicht, obwohl er das wahrscheinlich gern täte, wenn man ihm freien Lauf ließe. Für uns ist dieser eher philosophische Aspekt jedoch ohne Belang. Dafür ist es ein anderer.

Der kundige Astrologe weiß darum, daß dieses Gestirn Gemüt und Leidenschaft beherrscht, damit auch die Träume und das Unterbewußtsein. Darin unterscheidet der Mond sich von der Sonne, die Vernunft und Kreativität, kurzum Verstand

und Bewußtsein dominieren. Viele Sternendeuter ordnen gar das kosmisch-männliche Prinzip der Sonne und das kosmisch-weibliche dem Monde zu. Das hat aber historische Gründe und gilt heute womöglich nicht mehr in diesem Umfang. In früheren Zeiten, vor der Emanzipation, war es hingegen so, daß der Mann vor oder bei Sonnenaufgang aufstand, um seinem Tagewerk nachzugehen, und die Frau sich vor oder bei Mondaufgang hinlegte, um ihrem Nachtwerk nachzugehen. Das kann man als Bestätigung der zuvor erwähnte Prinzipienverteilung werten, ohne sich des Vorwurfs zeihen lassen zu müssen, ein Chauvi zu sein, eben weil dies historisch gewachsen und nur vor diesem Hintergrund zu sehen ist.

Dies als Vorbemerkung zum besseren Verständnis des Nachfolgenden.

Eingehende Beobachtungen haben deutlich vor Augen geführt, daß der Mond diese typische einseitige Ausrichtung besitzt, während er seine Bahn nimmt, und daraus zog man naheliegenderweise Schlüsse. Ein Schluß war, daß es, stellt man sich die Mondumlaufbahn als Aneinanderreihung unendlich vieler Punkte vor, zu jedem dieser Punkte einen genau entgegengesetzten Punkt geben müsse. Es verblüfft kaum, daß es tatsächlich so ist, allerdings nur, sofern die Umlaufpunkte richtig gereiht wurden.

Wie jedermann weiß, hat der Mond einen Schatten oder – vielleicht treffender formuliert – eine Seite, die stets im Schatten bleibt. Der vorerwähnte entgegengesetzte Punkt ist praktisch als Entsprechung zu diesem Schatten zu betrachten und bekam, weil er so dunkel ist, die Bezeichnung Schwarzmond. Das ist ähnlich wie beim Fahrer und Schwarzfahrer oder beim Arbeiter und Schwarzarbeiter.

Demzufolge gibt es also zwei Monde – einen, den man sieht, und einen, den man nicht sieht. Der, den man nicht sieht, hat etwas überaus Geheimnisvolles an sich; er strahlt eine Aura aus (die man auch nicht sieht), und beides wirkt logischerweise auf die Sinnlichkeit. Wie intensiv diese Wirkung ist, hängt davon ab, wo der jeweilige Schwarzmond bei der Geburt eines Individuums steht. Doch wo immer er sein mag – er beeinflußt Begierden, Verlangen, Leidenschaft, die Erotik und damit das Leben jedes einzelnen.

Was bedeutet das für die Praxis? Kennt man den genauen Standort des Schwarzmondes seines Sternzeichens im Augenblick der Geburt, läßt sich mit relativ großer Treffgenauigkeit berechnen, wie es um die eigene Erotik steht, was Sie tun und was Sie lassen sollten, und wie Sie als Liebhaberin oder Liebhaber sind. Die Schwarzmondstandortinformation läßt aber auch Rückschlüsse auf Ihre Potenz, auf den richtigen Zeitpunkt und dergleichen mehr zu.

Verlockend, nicht wahr? Es bedarf, und das ist das Erfreuliche, nur einer winzigkleinen Rechenaufgabe, um völlig im Bilde über das Wirken des schwarzen Mondes auf Sie zu sein.

Dazu nehmen wir einfach Ihre Geburtszeit, auf Jahr, Monat, Woche, Stunde, Minute und Sekunde genau, suchen in einer Mondstandstabelle (preisgünstig erhältlich in gutsortierten astrologischen Fachbuchhandlungen) jenen Wert, der die exakte Schwarzmondposition angibt, und addieren selbgleichen mit einem zweiten Wert, dem sogenannten Gradwert (ebenfalls in vorgenanntem Werk, allerdings in einer anderen Tabelle enthalten).

In einer weiteren Spalte finden Sie Auskünfte darüber, was das für Sie persönlich zu bedeuten hat. Noch Fragen?

Also gut. Angenommen, Sie wurden am 4. Oktober 1956 geboren. Werfen Sie nun einen Blick in die erwähnten Tabellen. Die dort befindlichen Werte – Tabelle A, Spalte 4, Zeile 18 = 272° 58' und 30° 52' in Tabelle B, Spalte 28, Zeile 4 1/2 – ergeben 303° 50'.

Sie stutzen? Vermuten einen Rechenfehler? Nicht doch. Ein Grad hat 60 Minuten (dafür steht das »'«), und mit 110' haut unsere ganze Rechnerei nicht so hin, wie's soll. Deshalb heißt es hier bei der Addition: ein Grad ab und fünfzig Minuten im Sinn. Soviel Zeit muß sein.

Bleibt uns nur noch, in der dritten Schwarzmondtabelle nachzuschauen, wem dieser ermittelte Wert zuzuordnen ist. Daraus können dann schlicht und ergreifend die gewünschten Rückschlüsse gezogen werden, für die in Tabelle D Anhaltspunkte geboten werden.

Nachbolgende Tabellenauszugsschemata können natürlich nur ansatzweise verdeutlichen, was es nachzuschlagen gibt.[1] Daraus resultiert, daß es keinen Anspruch auf Verbindlichkeit gibt. Mithin sind auch Schadensersatzforderungen ausgeschlossen!

Tabelle A: Jahres-Längen-Relationen

Jahr	Länge	Jahr	Länge	Jahr	Länge	Jahr	Länge
1968	298° 56'	1988	43° 28'	1998	166° 05'	2008	00° 07'
1969	344° 27'	1989	56° 43'	1999	167° 49'	2009	09° 26'
1970	38° 48'	1990	128° 57'	2000	97° 32'	2010	266° 51'

---

[1] Ein kompletter Nachdruck ist aus urheberrechtlichen Gründen bzw. wegen der damit verbundenen zusätzlichen Kosten leider nicht möglich!

Tabelle B: Monatliche Nettobezüge

Januar		Februar		März	
1	0° 00'	1	3° 1/2'	1	12° 1/4'
5	0° 07'	5	4° 25'	5	16° 5/8'
10	0° 34'	10	7° 6/8'	10	17° 1/2'

Tabelle C: Verhältnis Tierkreiszeichen zu Gradzahl

Zwischen	Schwarzmond bei
0° und 30°	Widder
30° 1' und 60°	Stier
60° 1' und 90°	Zwillinge

Tabelle D: Anhaltspunkte für Rückschlüsse

Zeichen	Schluß
Widder	scharf
Stier	stark
Zwillinge	doppelt

Abschließend ein Tip. Falls Ihnen die Rechnerei zur Ermittlung Ihres persönlichen Erotikfaktors zu umständlich ist, halten Sie sich einfach an folgende Faustregel: Je schwärzer der Schwarzmond, desto sinnlicher Ihre Sinne. Das funktioniert erfahrungsgemäß fast immer.

Kurzlexikon der wichtigsten astrologischen Grundbrgriffe

Abacadabra

Ein für den ernsthaften Astrologen und Horoskopsteller unverzichtbares Zauberwort, das seinen Ursprung in der Spätantike hat und soviel bedeutet wie »Hokuspokus« oder »fauler Zauber«. In der wörtlichen Übersetzung eigentlich »Viel Lärm um nichts.« Ohne dieses A. kann der Sternbildforscher niemandem ein X für ein U vormachen bzw. keines vormachen lassen.

Aberglaube

ist es, wenn man meint, die Realität nach eigenen Prinzipien vorhersagen oder gar beeinflussen zu können. A. findet man vorwiegend bei Naturwissenschaften. Der Horoskopie wie der Astrologie ist A. völlig fremd.

Ableger

So bezeichnet man den nach astrologischer Berechnung zu erwartenden Sproß einer Pflanze, aber auch ein Schiff, das ablegen wird, sofern die vorangegangenen Berechnungen stimmten.

Abneigung

ist sowohl ein anderer Ausdruck für Antipathie zwischen zwei Sternzeichen als auch eine Bezeichnung für einen ins Negative absinkenden Lebensverlauf.

Abort

Darunter versteht man einen Platz, der vom eigentlichen Ort abgelegen ist, was die Ortsbestimmung bei der Erstellung von Horoskopen ungemein erschweren, ja unmöglich machen kann. Von einer Benutzung des A. ist außer in dringenden Fällen deshalb unbedingt abzuraten!

Achse

Um mehrere solcher dreht sich der ganze Kosmos, mithin tun es auch die Sternzeichen. Deshalb wird die Bewegung der Sternzeichen am Himmel auch gern bezeichnet als »auf Achse gehen«.

Achso

ist ein unter Anhängern der Astrologie weitverbreiteter Ausruf der Freude wie des Erstaunens, wenn nach Horoskoperstellung festgestellt wird, daß etwas nicht stimmte oder völlig anders verläuft als vorhergesagt und man den Grund dafür gefunden hat, warum das so ist.

Achtel

Der Genuß eines oder mehrerer A. hilft – abhängig vom Metabolismus des jeweiligen Individuums – recht zuverlässig, die großen Geheimnisse des Kosmos zu verstehen und gelassener hinzunehmen.

Affe

Sowohl ein chinesisches Sternzeichen (siehe dazu »Sternzeichen im Vergleich«) wie auch ein Zustand, den man nach zu viel Konsum von Achteln erreicht (siehe dort). Natürlich kann auch ein A. einen A. haben.

Aha

Ähnlich wie Achso (siehe dort) ein zustimmender oder erstaunter Ausruf, ferner der Name eines Sternbildes im »Rock & Pop Horoskop«.

Angelrute

Dieses Utensil wird zuweilen tierkreisübergreifend von Berufsastrologen und Tierkreiszeicheninhabern verwendet, um Astrologiegläubige, die's genauer wissen wollen, bzw. den Angehörigen eines anderen Sternzeichens an den Haken zu bekommen. Besonders die im Zeichen »Fische« Geborenen sollten A. gegenüber sehr vorsichtig sein.

Anleger

Darunter ist jemand zu verstehen, der in vollem Vertrauen auf die Richtigkeit der Vorhersage seines persönlichen Astrologen Unsummen an der Börse investiert und dabei eine gewaltige Bauchlandung erlebt, die ihn in den Ruin treibt. Nicht deshalb, weil die Sterne lügen, sondern weil der Astrologe sein Handwerk nicht verstand.

Apogäum

Das heißt nichts weiter als »Erdferne«. Fluggäste, Ballonfahrer, aber auch Ski-, Weit- und Hochspringer befinden sich – vorübergehend zumindest – in einem gewissen A.

Apohel
Damit ist die »Sonnenferne« gemeint, ein anderer, wissenschaftlicher Ausdruck also für Nacht, wo die Sonne ja fern ist.

April
Ein Monat, der wegen seiner ihm eigenen Frische besonders gern von in den Zeichen Widder und Stier Geborenen zum Weichspülen der Wäsche genutzt wird. Aber auch Vertreter anderer Tierkreiszeichen können im A. relativ schadlos spülen.

Äquator
ist der von Süd- und Nordpol gleichermaßen weit entfernte Großkreis der Erdoberfläche, durch den die Erdkugel in südliche und nördliche Halbkugel aufgeteilt wird. Nur der relativen Stumpfheit des Ä. ist es zu verdanken, daß die Erde noch in der derzeitigen Form (also als Kugel) existiert, sonst sähe es böse aus.

Äquinoktium
Eine Phase der Tagundnachtgleichen, was bedeutet, daß für alle Orte die Tage und Nächte gleich lang sind. Die Gesamtphase beträgt 24 Stunden, die Hälfte davon folgerichtig zwölf, davon die Hälfte wiederum sechs, die selbgleicher drei usw. (dies ist schließlich keine Logarithmentafel!).

Aspekt
Man unterscheidet zwischen einem exakten A. und einem praktischen A., wobei der exakte A. die Differenz zwischen dem theoretischen und dem praktischen A. ist. Die Horoskopie

und ihre Ergebnisse sind unter verschiedenen A. zu sehen. Ob sie allerdings mehr exakt oder praktisch sind, mag sich von Fall zu Fall herausstellen.

Astalavista

ist das spanische Wort für Astrologie im weitesten Sinne.

Asthma

Keuchender, mit starkem Husten, Augenrötung und Atemnot verbundener Zustand eines Sternzeichens. Hat ein Sternzeichen A., kann dies den Gang der Gestirne sehr negativ beeinflussen.

Astral

Bezeichnet alles, was die Sterne betrifft oder von ihnen kommt. Ein sehr guter Cognac wird z. B. als Fünf-Astral-Cognac bezeichnet und führt ähnlich wie das Achtel (siehe dort) nach übermäßigem Genuß dazu, daß man in Astralwelten abhebt bzw. diese deutlich sieht.

Astralschlag

Darunter versteht man einen kräftigen Hieb auf den Kopf, der das plötzliche Auftauchen von Sternen bewirkt.

Aszendent

ist der Grad des Tierkreiszeichens, der zum Zeitpunkt der Geburt am östlichen Horizont erscheint, falls der ausgeschlafen hat und aufgestanden ist. Erscheint kein A., kann dies auf Bewölkung, Sonnen- oder Mondfinsternis, aber auch allgemeine Unlust des A. zurückzuführen sein. In solchen Fällen

kann dem/der Geborene/n mangels Masse zeitlebens kein Horoskop gestellt werden.

Attribut

Ein anderes Wort für Eigenschaft, das bzw. die man Sternzeichen zuordnet, aber auch Bezeichnung für eine Beifügung, ein Satzglied. In dem Satz »Astrologie ist doof« wäre »doof« z. B. kein Attribut.

Bahn

Für das Horoskop wichtiger und mehr oder weniger zuverlässig berechenbarer Weg eines Himmelskörpers. Gerät ein solcher auf die schiefe Bahn, kann es eine Menge Probleme geben.

Bedeckung

Zuweilen werden Gestirne aller Art, also Planeten oder Sterne, unsichtbar, weil andere davorstehen oder einfach, weil es dunkel wird. Das bewirkt Kälte, mithin Frieren und Zittern, und hat wiederum zur Folge, daß die betroffenen Gestirne sich bedecken müssen, weil sonst die ganze Horoskopie durcheinanderkommt.

Bewegung

Alles im Kosmos ist in einer solchen, und zwar üblicherweise von West nach Ost oder umgekehrt oder ganz anders. Die B. eines Himmelskörpers hat entscheidenden Einfluß auf das Horoskop. Je schneller sich nämlich ein Himmelskörper bewegt, desto größer ist die Wahrscheinlichkeit, daß irgendwas passiert. Wann und wo auch immer.

Beziehung

Ein anderes Wort für Verhältnis. Das bedeutet, daß ein oder mehrere Dinge oder Personen aufeinander einwirken oder zueinander stehen, was ein Blick in die nähere Umgebung oder an den Himmel beweist. Ist die Beziehung okay, freuen sich alle Beteiligten, gleich welchen Sternzeichens, weil sich das positiv aufs Leben auswirkt. Kommt es zu einem Beziehungskonflikt oder gar einer B.-Krise: Aufgepaßt! Dann ist etwas im Busch.

Biosbahnhof

Bekannte Talkshow, in der mit schöner Regelmäßigkeit wichtige Vertreter aller Sternzeichen zu finden sind.

Biquintil

Ein doppelter Quintil oder Fünftelschein.

Biseptil

Ein zweifacher Septil oder Siebtelschein.

Bizeps

Ein Muskel mit zwei Ansatzstellen im Arm.

Breite

ist das Pendant zur Länge, abhängig vom jeweiligen Standpunkt des Betrachters und meint den Winkelabstand in bezug auf irgendwas.

Bronchien

sind von Schleimhaut bekleidete Äste der Luftröhre in der

Lunge und im Prinzip unabhängig vom jeweiligen Sternzeichen für die Atmung wichtig. Ausnahme: Fische, Krebs, Wassermann und Skorpion. Die haben ja bekanntlich Kiemen und Tracheen.

Dämmerung

Bezeichnung für bestimmte Zustände der Sonne wie für bestimmte Zustände von Personen unter dem Horizont, die überaus relevant für die augenblickliche oder künftige Situation der oder des Betreffenden sind. Man unterscheidet zwischen astronomischer, bürgerlicher und nautischer D. Die astronomische D. ist jene, bei welcher der vorangegangene Alkoholverbrauch nicht mehr meßbar ist. Die bürgerliche D. gilt gemeinhin als erreicht, wenn 1,5 und mehr Promille meßbar sind. Mengeneinheit zur Herbeiführung der nautischen D. (bei Seeleuten) ist ein Faß Rum.

Dezil

Astrologen von gestern benutzen diesen uralten Ausdruck für Semiquintil (s. d.), mit dem ein Zehntelschein (also ein Zehnmarkschein) gemeint ist.

Dreck

Spielt bei der Erstellung von Horoskopen eine entscheidende Rolle. Verwechselt nämlich ein Astrologe z. B. einen Klecks Fliegendreck mit einem ermittelten Punkt, wenn er gerade seine Häuser ins Diagramm einzeichnet, ist auch das Ergebnis im übertragenen Sinne Dreck.

Erde

Ein sich lebhaft bewegender Himmelskörper (auch Planet), eigens dazu erschaffen, daß Menschen – unabhängig von ihrem jeweiligen Sternzeichen – mit beiden Beinen darauf stehen können. Im geozentrischen System der Astrologie bildet die E. den Mittelpunkt des Horoskops, was logisch ist, da ja jedermann weiß, daß die E. das Zentrum des Kosmos ist und sich alles um sie dreht.

Flucht

Wird es den Sternen zu blöde, dauernd mißbraucht zu werden, ergreifen sie diese.

Freier

Kurzform für freier Astrologe im Gegensatz zum festangestellten, wie z. B. der berühmte Kreuzworträtselastrologe Seni (der von Wallenstein) oder die ebenso berühmte – wie hieß sie doch gleich? – von Nancy und Ronald Reagan. Auch Bezeichnung für jemand, der um die Gunst der Sterne (oder die von Personen) buhlt und sie (gegen angemessene Bezahlung) erhält.

Frühling

Eine Jahreszeit, in der die Sterne und Planeten gut drauf sind, weil die Sonne durch den Frühlingspunkt gegangen ist, was Frühlingsgefühle und eine spezielle Rollbewegung, die sogenannte Frühlingsrolle, auslöst.

Geburtszeit

Überaus wichtig zur Erstellung eines richtigen Horoskops.

Der Zeitpunkt muß auf die Sekunde genau bekannt sein, weil jede Abweichung wesentliche Verzerrungen des Charakter- und Schicksalsbildes bewirken kann. Tip: Bei der Geburt den Zeitpunkt sofort aufschreiben und gut aufbewahren. Das spart später viel Geld und mancherlei Enttäuschungen.

Gestirne

Das ist sind sämtliche Körper und Punkte an der Himmelskugel, die unser Leben prägen. Gut zehn Milliarden derselben, einen winzigen Bruchteil sämtlicher vorhandener, kann man von der Erde aus mit den besten Instrumenten sehen bzw. fotografisch wiedergeben. Das verdeutlicht die monumentale, unbegreifliche Wucht ihrer Einwirkung insgesamt auf das menschliche Schicksal und macht begreiflich, warum astrologische Berechnungen sehr sorgfältig ausgeführt sein müssen, wenn das Horoskop stimmig sein soll.

Gezeiten

Bedingt durch die Anziehungskräfte von Sonne und Mond schwankt das Niveau fester, flüssiger und gasförmiger Körper. Mit diesem wiederkehrenden Vorgang sind die G. gemeint. Auch Menschen, z. B. Männer oder Frauen, ja selbst Astrologen besitzen Anziehungskräfte, die zu wiederkehrenden Niveauschwankungen bei anderen Körpern führen.

Glucke

Volkstümliche Bezeichnung für das Sternbild »Henne«, aber auch im übertragenen Sinne für eine Astrologin, weil die ja per definitionem »etwas ausbrütet«.

Glückselemente

sind alle glückbringenden Objekte und allerlei Gedachtes, was zu einem Tierkreiszeichen gehört, z. B. eine Menge Geld, Erfolg, Besitz.

Glücksorte

Orte, an denen man unter entsprechendem Stand und Einfluß der Gestirne Glück hat. Sagt das Horoskop z. B., man solle sich umgehend zur Stunde X an den Polarkreis begeben, sollte man diesen Rat unbedingt befolgen und sich stracks und schnur auf den Weg machen. Mit Glück sieht man zur rechten Zeit das Nordlicht.

Glückstage

Logischerweise Tage, an denen die Gestirne günstigen Einfluß nehmen. Ein G. kann der sein, an dem man wider Erwarten doch noch sein Gehalt bekommt, obwohl die Firma dichtgemacht hat. Das Gegenteil zum G. ist der Pechtag, an dem die Gestirne ungünstigen Einfluß nehmen. Beispiel: Der Gerichtsvollzieher kommt.

Glückszahlen

Das sind Zahlen, welche die Gestirne den in ihrem Zeichen Geborenen zuteil werden lassen. Damit kann man eine Menge anfangen, wenn man weiß, wie's gemacht wird. Hängt aber vom jeweiligen Horoskop ab. Um die richtigen G. zu erfahren, wendet man sich am besten an einen erfahrenen Astrologen, läßt sie sich geben und muß mit etwas Glück dafür nur wenig zahlen. So gesehen kann Glück sehr preiswert sein. Abzuraten ist vom Erwerb von Glückszahlen im Supermarkt

oder beim Discounter, weil es sich dabei um Massenzahlen handelt.

Hier als Dreingabe ein paar Glückszahlen: 1, 19, 24, 57, 368, 1001.

Halbmond

Quadraturphase des Mondes, was bedeutet, man sieht nur einen Viertelschein bzw. ein Viertel des ganzen Mondes. Falsch? Keineswegs. Schließlich hat der Mond ja auch noch eine Rückseite. Also sind bei Halbmond tatsächlich drei Viertel nicht zu sehen.

halbvoll

ist jemand, der noch nicht genug getrunken hat, um sternhagelvoll (s. d.) zu sein.

Harzlehre

Hierbei ordnet man Planeten bestimmte Harze zu, die je nach Konsistenz recht klebrig sind. Die genaue Kenntnis der H. ist überdies besonders wichtig für alle im Harz Geborenen, sofern sie noch Schüler sind, damit's keine Sechs im Zeugnis gibt.

Hauptplaneten

Bezeichnung für große Planeten, bei deren Aufprall es besonders schmerzt, wenn sie einem aufs Haupt fallen.

Haus

Ein Gebäude, das auf Grund unterschiedlichster möglicher Form, Ausgestaltung und Bauweise nicht exakt definiert wer-

den kann, weshalb es der Einfachheit halber einem Planeten zugeordnet wird, damit der auf ein Tierkreiszeichen wirken kann. Eine zugegebnermaßen vage Erklärung – aber was soll man sonst dazu sagen?

Horrorskop
Fällt ein Horoskop für den Betreffenden besonders schrecklich aus, spricht man von einem H. Monstern und Ungeheuern aller Art kann man grundsätzlich nur ein H. stellen.

Impressum
Das ist der Eindruck, den ein Horoskop hinterläßt (a. d. lat. »impressare« = eindrücken). Auch ein Impressario kann ein Impressum hinterlassen. Darum heißt er meistens so, wenn er einer ist.

Ingressus
Tritt ein Planet in ein Sternzeichen oder Sternbild ein, ist dies ein I. Tut er's nicht, spricht man von einem Gressus. Geht er wieder raus, handelt es sich um einen Exgressus. Verhindern läßt sich das aber nicht, wiewohl das oftmals wünschenswert wäre, damit einem gute Konstellationen erhalten bleiben.

Inquilinien
sind ein Durcheinander von Planeten, also Planeten im Zeichen anderer Planeten. Vor den I. sollte man sich unbedingt hüten, will man keinen Ärger haben. Tip: Einfach ignorieren oder wegschauen.

Interrogation

Ein fachtechnischer Terminus für »Befragung«. In der Praxis sieht das so aus, daß man einen Astrologen befragt und darauf eine Antwort bekommt, nachdem der Astrologe seinerseits die Gestirne befragt und von ihnen eine Antwort bekommen hat. Die Antwort läßt zuweilen etwas auf sich warten, weil die Gestirne ihrerseits wieder erst Kollegengestirne fragen müssen usw. Dies erklärt, warum der Ausgang einer I. häufig sehr unbefriedigend ist. Jeder fragt jeden, aber kein weiß was Genaues.

Inzest

Eigentlich Blutschande. Hierbei paaren sich Angehörige eines Sternzeichens, was aber gesetzlich verboten ist. Deshalb: Finger weg!

Inzucht

Wie Inzest. Ergänzend sei angemerkt, daß sich I. nachteilig auswirken kann, z. B. wenn Krebse sich mit Scheren, Stiere, Widder oder Steinböcke mit Hörnern verhaken und dergleichen mehr.

Jahr

Hat 365 Tage (bzw. 366 Schaltjahr), für die weltweit am laufenden Band Horoskope unterschiedlichster Art erstellt werden. Mithin ein wichtiger Faktor für die Erhaltung des Berufsstandes Astrologe.

Kadaver

Bezeichnung für eine Horoskopleiche, d. h. ein nicht ein-

getroffenes Horoskop, z. B. dann, wenn man eins per Post bestellt hat, das dann trotz Vorausbezahlung nicht geliefert wurde.

Kanon

Im übertragenen wie im eigentliche Sinne jener kosmische Kettengesang, bei dem alle Stimmen (= Sterne) das Thema (= das zu horoskopierende Individuum) nacheinander durchsingen. Das Ergebnis läßt leider sehr zu wünschen übrig, weshalb die Astrologie auf den K. zumeist verzichtet.

Konjunktion

bedeutet Zusammenschein der Gestirne, der das Gute oder Böse prägt, abhängig davon, wie gerade zusammengeschienen wird. Bei der Horoskopbegründung findet die K. ihren Ausdruck durch Verwendung von K. wie z. B. daß, weil, falls, wenn, aber, obwohl oder damit.

Kosmos

Weltall. Macht die Astrologie überhaupt erst möglich.

Licht

Gleichzusetzen mit Erleuchtung, die einem kommt, wenn der/die Betroffene sieht, was für Folgen es hat, unbeirrt an sein/ihr Horoskop zu glauben. Daher auch die Redewendung »mir geht ein Licht auf«. Tatsächlich ist Licht nichts weiter als eine Strahlung auf langer oder kurzer Welle, was einmal mehr beweist, daß jeder Schein trügt – auch oder gerade in der Astrologie.

Lude

Umgangssprachlich für einen Oberastrologen, der andere, bevorzugt Frauen, für sich mit und an den Sternen arbeiten läßt und den größten Teil des Honorars einstreicht, obwohl ihm die ganze Geschichte eigentlich schnuppe ist.

Luder

Aus der Jägersprache entlehntes anderes Wort für Kadaver (s. d.).

Luft

Ein wichtiges astrologisches Element. Luft-Zeichen sind durchweg männlich, weshalb Frauen auch sagen »Er ist Luft für mich«.

Luna

Nicht zu verwechseln mit einem sogenannten Erfrischungsgetränk, für das total beknackte Werbung gemacht wird.

lunar

bedeutet den Mond betreffend.

Mond

Wichtiges Gestirn, das bei übermäßiger Nutzung süchtig machen kann und auf Dauer schädliche Nebenwirkungen hat. Bei vielen Kulturvölkern, so auch in Deutschland, wird der M. als Blütenpflanze betrachtet, was sich in dem schönen Lied »Der Mond ist aufgegangen« niedergeschlagen hat, wiewohl das natürlich nichts beweist. Generell gilt der M. als ausgesprochen freundlich und steht in einem besonders guten Ver-

hältnis zur Sonne (s. d.). Etwas anderes bleibt ihm auch kaum übrig.

Nonagon

Auf gut deutsch »Neuntelschein«, also ein Schein mehr als der »Achtelschein« (auf gut lateinisch »Oktagon«). N. wie O. sind Scheine, die man nach Genuß mehrerer Neuntel oder Achtel sieht oder zu sehen glaubt.

Polizei

Regelt und beaufsichtigt den Verkehr zwischen und auf den Planeten, steht im allgemeinen der Astrologie aber skeptisch gegenüber. Bei Verkehrskontrollen sollte man deshalb tunlichst nie seinen speziellen »Neuntelschein« oder »Achtelschein« (s. Nonagon) erwähnen.

Opposition

ist der Moment, in dem ein aufgehender von einem untergehenden Planeten 180 Grad entfernt ist, interessanterweise aber auch eine Situation, bei der zwei oder mehrere Parteien nur wenige Prozentpunkte voneinander entfernt sind, was die Begriffsdefinition etwas unlogisch erscheinen läßt.

Quadratur

Astrologische Form von Tinktur, auf deutsch »Viertelschein«, gilt generell insgesamt als ungünstig, was unter Berücksichtigung der Größe »Polizei« (s. d.) einleuchtet.

Semiquadrat
Andere Bezeichnung für »Achtelschein« (Oktagon) s. Nonagon, hat aber nichts mit dem Astrologen Wallensteins zu tun. Der hieß Seni.

Semiquintil
Zehntelschein, andere Bezeichnung für einen Zehnmarkschein in Relation zu einem Hunderter, mithin auch ein Aspekt, der astrologisch 36 oder 324 Grad meint.

Semisextil
Zwölftelschein, früher in Großbritannien übliche Währung, als das Pfund noch was wert war.

Sesquiquadrat
Dreiachtelschein – wozu immer der nun wieder gut sein mag.

Sonne
Ein Planet wie alle anderen auch – behaupten jedenfalls die Astrologen, und die müssen's ja schließlich wissen. Wird gerne benutzt zum Baden (s. d.), speziell zum Sonnenbaden. Ein solches kann auch sitzend erfolgen, etwa wenn man auf einer sogenannten Sonnenbank sitzt. Bei großem Durst unter Sonneneinwirkung spricht man von einem Sonnenbrand. Speziell im Zeichen Fische Geborene sollten sich davor hüten. Das widerlegt die allgemein gültige Auffassung, die S. sei weder gut noch böse. Sie hat aber tatsächlich eine verstärkende Wirkung, z. B. die Intensivierung von Kopfschmerzen beim Sonnenstich.

Staub

Aus diesem machen sich Astrologen im allgemeinen, wenn ihnen Berechnungs- oder Deutungsfehler nachgewiesen werden können und sie ihr Honorar bereits kasiert haben.

Staupe

Mittelalterliche Prügelstrafe, speziell für Astrologen nach falschen Vorhersagen. Die Sternendeuter wurden dazu an einen Pfahl (mnd. »Stupe«) oder Pranger gebunden, und dann ging's zur Sache, was eigentlich verwundert, denn wie gut kann ein Astrologe sein, der nicht mal weiß, wie seine Sterne stehen?

Stern

Astrologisches Wochenblatt mit immer wieder beachteten Versuchen der Neu- und Umdeutung von Ereignissen in Gegenwart und Zukunft, besonders berühmt geworden durch die völlige Umschreibung der jüngeren deutschen Geschichte. Weitere Arbeiten sind in Vorbereitung.

sternhagelvoll

Unabdingbare Voraussetzung für sichere Prognosen und Deutungen sowie Erstellung von Horoskopen aller Art unter Berücksichtigung des Einflusses von Hagel.

Stunde

Zeiteinheit von ungefähr 60 Minuten. Geht eine Uhr vor, ist die Stunde länger (man spricht dann von der »Vorzeit« oder auch »Langzeit«), geht eine Uhr nach, fällt sie folglich kürzer aus, ergo »Kurzzeit oder »Nachzeit«. Letztere ist nicht zu ver-

wechseln mit »Nachtzeit«, worunter man eine im Dunkel gemessene Stunde versteht, welche an der eigens dafür zur Verfügung stehenden »Dunkelziffer« abgelesen werden kann. Als S. bezeichnet man auch die Honrarberechnungseinheit, die Astrologen ihren Bemühungen zu Grunde legen. Für den Laien kann der Umgang mit dem »Stundensatz« übrigens gefährlich werden, da man ohne Vorkenntnisse nie weiß, wohin er springt.

Süden

Eine Himmelsrichtung zwischen Osten und Westen, meistens gegenüber dem Norden liegend. Um mit einem weitverbreiteten Irrtum aufzuräumen: Beim Wasser spricht man vom »Sieden«, nicht vom »Süden«. Es ist also falsch zu sagen, »das Wasser südet«.

Sympathie

Unmittelbare Zuneigung zu einem anderen Menschen, die man häufig nach Genuß von Achteln oder Vierteln deutlich beobachten kann. Die Betroffenen neigen dann sehr zum Einanderzuneigen.

System

Narrensichere Methode, bei Glücksspielen (z. B. Lotto, Lotterie, Roulette etc.) oder Wettveranstaltungen kleinere oder größere Geldbeträge zu verlieren. Die Wahrscheinlichkeit läßt sich sogar auf hundert Prozent steigern, dann nämlich, wenn das S. auf der Grundlage eines Individualhoroskops erstellt wurde.

Thema

ist das, worüber wir die ganze Zeit sprechen, auch Bezeichnung für Nativitätshoroskop (nicht »Naivitätshoroskop«!) oder Geburtshoroskop.

Tierkreis

Kreis, der dadurch zustande kommt, daß mehrere Tiere, gleich welcher Rasse, einzeln oder gemischt in einem solchen stehen. Bei Turnieren, z. B. im Pferdesport, findet man auch Tiere, die zu einem Quadrat, Rechteck o. ä. aufgestellt sind. Entsprechend heißt es dann Tierquadrat etc.

Transite

Plural von Transit. Gemeint ist die Durchfuhr durch ein Land, aber auch Übergänge der laufenden Planetenbewegung über die Orte, Planetenwinkel und Eckfelderspitzen des Geburtsbildes. Die Zeitdauer der Transite ist schwankend, abhängig vom jeweiligen Durchgangsverkehr. Extrem dichtes Verkehrsaufkommen führt zum Stau und zu erhöhter Unfallgefahr.

Tredezil

gehört wie Trigonal zu den Begriffen, mit denen man wahnsinnig Eindruck schinden kann, wenn sie im Laufe eines Gesprächs fallengelassen werden. Anschließend aber unbedingt wieder aufheben – aus Gründen des Umweltschutzes!

Trigonal

Drittelschein, ist mehr wert als ein Achtel-, Neuntel- oder Zwölftelschein, ein Aspekt mit einem Winkel von 120 oder 240 Grad (je nachdem, von wo man gerade schaut) und gilt

als günstigster Aspekt. Deshalb unser Tip: Immer einen Trigonal in Reserve haben!

Triplizität

Auf deutsch Dreiung. Drillinge sind z. B. eine T., im Gegensatz zu Zwillingen, wo man von einer Duplizität spricht.

Triseptil

Dreisiebtelschein und zugleich ein besonders intensiv wirkendes Feinwaschmittel.

tropisch

Bei großer Luftfeuchtigkeit von annähernd 100 Prozent und entsprechender Wärme kann es einem schon mal t. vorkommen, gemeint ist aber der Frühlingspunkt.

Typologie

Gemeint ist die Vorstellung, planetarische Einflüsse bedeuteten charakterliche Qualitäten, was im vorliegenden Werk ausführlich in den Kapiteln »Das ist Ihr Typ« abgehandelt wird. Alle Faktoren zusammen ergeben ein Profil, mit dem Heimwerker allerdings wenig anfangen können, da es rein psychologisch ist.

Übeltäter

Ungünstige oder unheilbringende Planeten (Malefizplaneten) heißen so. Dies sind Mars, Saturn, Pluto, Uranus und Neptun.

Uhr

Sollte immer richtig ticken. »Große« U. ist ein Begriff für die alte Chronometrie, d. i. die Unterteilung des Tages in 24 Stunden. Heute wird der Tag ja bekanntlich zweimal zwölf Stunden unterteilt, was die Berechnung enorm vereinfacht.

Uhrlaub

Ein besonders bei Naturvölkern übliche Füllart der Uhr in Ermangelung geeigneter Zahnräder, Federn, Schrauben und Unruhe. Eine so gefüllte Uhr tickt nicht, sondern raschelt, und dies nicht nur, wenn man sie schüttelt.

Ultimo

Der letzte Tag des Monats heißt so, weil's danach mit dem ersten weitergeht. Zuweilen wird an U. ein sogenanntes Ultimatum gestellt, z. B. von der Bank mit der Androhung, das Konto zu sperren.

Umlaufzeit

Die Zeit, die man benötigt, um jemand umzulaufen, abhängig von Körpergröße, Gewicht, Statur und Kraft des oder der Umlaufenden.

Untergang

(Technischer Terminus: Occasus) Bezeichnung für das Verschwinden eines Gestirns vom Horizont, aber auch von Schiffen im Meer, im übertragenen Sinne anderes Wort für Pleite oder Ruin, letzteres oft an Ultimo (s. d.).

Venus

Einerseits altitalische Göttin des Gartenbaus, aber auch der Aphrodite gleichgesetzt, andererseits Planet in relativer Nähe zur Sonne, der als Morgenstern gilt und eine relative Sternzeit von neun Monaten hat, was etwas bedeuten muß. Überdies kann man eine V. auch im Pelz haben bzw. sehen oder sich vorstellen, sofern man das gleichnamige Buch eines gewissen Sacher-Masoch liest. Gut verträglich ist die V. mit Jupiter, Mars, Merkur, Sonne und Mond. Und – Vorsicht! Dem Mann gibt sie einen starken weiblichen Aspekt, wie auch extremes Hingezogensein zur Frau, was zur Liebessucht ausarten kann.

Viertel

In ganz Deutschland, Österreich und der Schweiz verwendete Bezeichnung für einen Schoppen Wein von 0,25 Liter. Im Schwäbischen auch Viertele genannt. Irreführenderweise meint V. ferner sowohl Ort (horoskopisch) als auch Stadtteile. Befindet sich die Lieblingslokalität in einem bestimmten Viertel, sagt man: »Ich geh ins Viertel ein Viertel trinken.« Folge kann dann ein Viertelschein sein.

Virgo

Lateinischer Name für Jungfrau, in magischen Zirkeln verwendete Bezeichnung für die Illusion, daß eine junge Frau zugleich auch Jungfrau ist, möglicherweise gar eine schwebende. Schließlich Bezeichnung für das gleichnamige Sternbild.

Vollmond

Es handelt sich dabei um eine sogenannte Oppositionsphase des Mondes und ist logischerweise die freundliche

Umschreibung für einen Mann mit Vollglatze in Opposition zu einem, der sich seiner totalen Haarpracht erfreut.

Wandeljahre

Zeitraum, den viele Menschen damit verbringen, herumzuwandeln, was hier oder da, aber auch ganz woanders sein kann. Auch Bezeichnung für den alle vier Jahre um einen Tag zurückgehenden Neujahrstag, der den Kalender ins Schleudern bringt.

Wasser

ist eines der vier Elemente, dem sogenannte Entsprechungen zu Tierkreiszeichen zugeordnet werden. Wasser-Zeichen gelten als kreativ. Ein Bademeister oder Rettungsschwimmer wird sich stets einiges einfallen lassen, um an die Dame seiner Wahl zu kommen, und beim Wasserträger ist es nicht anders. Wasser ist übrigens auch eine wesentliche Voraussetzung für die Erfindung der Schiffahrt und den weltweiten Bau von Inseln gewesen. Wasserstoff wird überwiegend in der Textilindustrie für die Anfertigung von Bademoden verwendet, die wiederum beim Durchführen von sogenannten Wasserspielen getragen werden. Neben Menschen, die wassersüchtig sind, gibt es auch wasserscheue.

Wohltäter

Damit sind die günstigen oder glückbringenden Planeten (Benefizplaneten) gemeint, also Venus und Jupiter. Auf diesen finden dann B.-Konzerte statt, worüber sich die Leute, auf welche die W. wirken, sich freuen.

Das hat mein Sternbild mir geflüstert:

DAS IDEALE GESCHENK ZU JEDEM ANLASS

DIE WITZIGSTEN BÜCHER, SEIT ES HOROSKOPE GIBT

STERNE TOTAL!

ISBN 3-404-12751-X
DM 9.90

ISBN 3-404-12752-8
DM 9.90

ISBN 3-404-12753-6
DM 9.90

ISBN 3-404-12754-4
DM 9.90

ISBN 3-404-12755-2
DM 9.90

ISBN 3-404-12756-0
DM 9.90

ISBN 3-404-12757-9
DM 9.90

ISBN 3-404-12758-7
DM 9.90

ISBN 3-404-12759-5
DM 9.90

ISBN 3-404-12760-9
DM 9.90

ISBN 3-404-12761-7
DM 9.90

ISBN 3-404-12762-5
DM 9.90